中国历朝通俗演义
青少年白话文版 ⑧

元史演义

蔡东藩◎著

王 统　张雅婷◎改编

民主与建设出版社
·北京·

© 民主与建设出版社，2024

图书在版编目（CIP）数据

元史演义 / 蔡东藩著；王统，张雅婷改编. -- 北京：民主与建设出版社，2024.1
（中国历朝通俗演义：青少年白话文版；8）
ISBN 978-7-5139-4447-2

Ⅰ.①元… Ⅱ.①蔡… ②王… ③张… Ⅲ.①章回小说－中国－现代 Ⅳ.①I246.4

中国国家版本馆CIP数据核字（2024）第017706号

元史演义
YUANSHI YANYI

著　　者	蔡东藩	
改　　编	王统　张雅婷	
责任编辑	金弦　唐睿　宁莲佳	
特约策划	任程民　向春婷　罗双	
封面设计	海凝	
出版发行	民主与建设出版社有限责任公司	
电　　话	（010）59417749　59419778	
社　　址	北京市朝阳区宏泰东街远洋万和南区伍号公馆4层	
邮　　编	100102	
印　　刷	三河市同力彩印有限公司	
版　　次	2024年1月第1版	
印　　次	2024年12月第1次印刷	
开　　本	880毫米×1230毫米　1/32	
印　　张	5.75	
字　　数	146千字	
书　　号	ISBN 978-7-5139-4447-2	
定　　价	699.00元（全11册）	

注：如有印、装质量问题，请与出版社联系。

注：图中"元太祖帖木真"应为"元太祖铁木真"。

注：图中"定宗姪失烈门"应为"定宗侄失烈门"，姪同侄。

目录 Contents

1. 蒙古族的起源 / 001

2. 铁木真逃亡 / 005

3. 铁木真崛起 / 012

4. 铁木真救汪罕脱里 / 022

5. 铁木真大战鲜昆 / 028

6. 铁木真致信汪罕脱里 / 032

7. 克烈部灭亡 / 036

8. 不堪一击的乃蛮部 / 039

9. 成吉思汗进攻中原 / 043

10. 诡计多端的屈出律 / 052

11. 攻占花剌子模 / 056

12. 金国覆灭 / 070

13. 窝阔台平定东西 / 073

14. 耶律楚材郁郁而终 / 076

15. 蒙哥继位 / 079

16. 忽必烈创建元朝 / 082

17. 南宋灭亡 / 089

18. 元军东征日本 / 095

19. 元成宗礼佛 / 104

20. 海都叛乱 / 107

21. 刘国杰平叛 / 113

22. 元仁宗立储 / 116

23. 元英宗被刺 / 123

24. 元宗室内斗 / 129

25. 伯颜废除科举 / 134

26. 伯颜失宠 / 137

27. 脱脱斗伯颜 / 140

28. 元顺帝独揽大权 / 143

29. 贾鲁治水 / 148

30. 红巾军起义 / 152

31. 元朝覆灭 / 166

1. 蒙古族的起源

唐朝时期,北方居住着室韦分部。这些人世代以打猎为生,逐渐形成一个叫蒙古族的部落。后来,蒙古族和其他部落发生了冲突,差点被灭了族,只有几个幸存者逃了出去。这几个人来到一座叫阿儿格乃衮(gǔn)的山里,他们发现四周被山峰环绕,中间有一大块平地,土壤肥沃,水草茂盛,便定居于此繁衍生息。

蒙古族的后代中,有个叫乞颜的孩子,他身体非常强壮,甚至连毒虫猛兽都近不了身。乞颜的后代人丁兴旺,人们称他们为"乞要特"。"乞要"是"乞颜"的化音,"特"在当地是种族的意思。

乞要特人越来越多,族人觉得阿儿格乃衮这座山太小了,想离开这里。但是出山的路早已被挡住了,族人只好寻找其他的出路。找着找着,他们发现了一处深不见底的铁矿洞穴。族人在洞里点起了大火,渐渐地铁矿石熔化,矿洞没多久就坍塌了,出现了一条通往山外世界的宽敞大路。

数十代后,乞要特出了一个名叫朵奔巴延的孩子,他特别喜欢和哥哥都蛙锁豁儿出去打猎。一天,朵奔巴延和哥哥来到不儿罕山。两兄弟被不儿罕山的美景吸引,一前一后爬上了山顶。山顶层云环绕,如同仙境一样迷人。

朵奔巴延十分心动,劝说哥哥到这座山里定居。都蛙锁豁儿摆

了摆手，目不转睛地盯着山脚，说道："不着急，等我好好地看一看！"朵奔巴延纳闷了，问道："哥哥，你要看什么呢？"

都蛙锁豁儿指着山下的一群人，说道："我在看山下的行人，发现有个女子特别漂亮，要是她没嫁人的话，我就帮你上门提亲！"朵奔巴延往山下看去，模模糊糊地看不清女子的样貌。而都蛙锁豁儿不同，他有只眼睛能看到好几公里以外的东西，还被称为"一只眼"。

在都蛙锁豁儿的鼓励下，朵奔巴延跑到山下，面对面地打量着哥哥口中的美人。那女子目光含水，长发及腰，真如哥哥形容的一般。朵奔巴延见到了美人，被其美貌吸引，竟然只会木讷（nè）地盯着人家看，连开口提亲都忘了。

还是都蛙锁豁儿能说会道，问清了女子与她父亲的名字，约定了婚期，替朵奔巴延确定了这门亲事。

这美人名叫阿兰郭斡（wò），跟着朵奔巴延在不儿罕山定居。两人育有二子，大儿子叫布儿古讷特，小儿子叫伯古讷特。但没过几年，朵奔巴延病死了，可怜的阿兰郭斡年纪轻轻就守寡，独自拉扯着两个孩子。

稀奇的是，第二年阿兰郭斡的肚子突然变大，不久生下一个男孩。此后每隔一年她便诞下一名男婴，竟接连生了三个男孩，分别取名叫不衮哈搭吉、不固撒儿只、孛（bó）端察儿。周围人对阿兰郭斡议论纷纷，就连古讷特兄弟都怀疑母亲。而阿兰郭斡并不在意，她认为这三个孩子是天神的赠礼。

原来，阿兰郭斡每晚睡觉的时候，总有一道神秘的白光来到她的床前，温柔地抚摸着她的肚子，接着她就怀孕且生了三个孩子。阿兰郭斡相信，自己的孩子不是普通人，肯定有人能当帝王。

这三个儿子中，唯独孛端察儿降生时，产房里祥光漫照。这孩

1. 蒙古族的起源

子生来就有一双炯炯有神的灰色眼眸,等待年岁渐长,行为举止都不同寻常,阿兰郭斡因此最为宠爱他。

时间过去了十年,阿兰郭斡把五个孩子叫到一起,让乖顺的小儿子孛端察儿拿了十支弓箭过来。阿兰郭斡让五个儿子各自折一支箭,儿子们轻轻松松地折断了。阿兰郭斡又把剩下的五支箭合在一起,让儿子们轮流折。这次,没有一个人能折断那五支箭。阿兰郭斡告诉他们,这就是"单者易折,众则难摧"的道理。

数年后,阿兰郭斡因感染风寒一病不起,不久病逝了。临死前,她还嘱咐五个儿子不要忘记折箭的事,儿子们都点头答应。但是等分家产的时候,他们故意忽略了最小的兄弟孛端察儿。孛端察儿据理力争,但只分到了一匹秃尾马。

孛端察儿在家里住得越来越受气,干脆骑着马离开了不儿罕山,沿着斡难河来到巴尔图鄂（è）拉定居。他在这里猎到了一只黄鹰，很快驯服了它。从此一人一鹰相依做伴，黄鹰经常给孛端察儿衔来猎物。有时候孛端察儿会下山去民众聚居的地方喝马奶，他的生活好不自在。

后来孛端察儿的三哥不衮哈搭吉想念他，劝说他回不儿罕山。孛端察儿虽然答应回家，但是并不愿意继续过从前那种寄人篱下的生活。返回途中，他对三哥说："我住的山脚下生活着一群人，他们没有首领。如果把他们的人与财物抢来，自己做首领，今后岂不是享乐了？"孛端察儿的哥哥们也唯利是图，跟着孛端察儿劫掠了那里的人们，将他们统统俘虏。

自此之后，孛端察儿的后代人丁兴旺，传到第七代的时候，出现了一个叫哈不勒的人物。哈不勒足智多谋，他不满足于脚下的土地，不断地带领族人们开疆扩土。后来，哈不勒被尊崇为蒙古族的首领，史称"哈不勒大汗"。

2. 铁木真逃亡

这时正是金朝的全盛时期，它占据了辽朝的故土，又南下攻宋，俘虏了北宋的最后两位皇帝——宋徽宗和宋钦宗，金太宗完颜晟（shèng）得意扬扬地将二人押回故都，一时间没有其他的势力能与金人争雄。

蒙古族发展期间，哈不勒发现东边的金国正全力攻打宋朝，忽略了后方的防守。他借此机会到处招兵买马，笼络人才，一下子声名鹊起。金主完颜晟注意到了哈不勒，召他入朝，试图收买他。

哈不勒一开始小心翼翼，连吃了的食物都要吐出来，唯恐被金国皇帝毒杀。但完颜晟对他敬重如常。一次吃醉了酒，哈不勒竟乘着酒兴，载歌载舞来到御座前，捋了一把完颜晟的胡须。

金国大臣纷纷拔出佩剑，要杀掉这无法无天的蛮族蒙古头领。完颜晟大度，让他退下，原谅了他的无礼。哈不勒酒劲一过，心中后怕，连忙打马向着蒙古故地狂奔。

听说哈不勒一去不回，完颜晟对哈不勒起了戒心，又多次派使者召他朝见。哈不勒知道来者不善，干脆斩杀了金国使者，以此明志。

消息传到完颜晟的耳朵里，他勃然大怒，派大将胡沙虎攻打蒙古。没想到的是，胡沙虎外强中干，他先是被蒙古人坚壁清野，消耗了粮草与锐气，在归途中又被哈不勒拦截追击，金兵被蒙古兵杀得片甲不留，硬生生磨平了完颜晟的锐气。哈不勒从此与金朝结下了仇恨。

之后完颜晟过世，他的孙子完颜亶（dǎn）继承王位。此时的金国，由完颜亶的堂叔完颜挞懒一手把控朝政，独裁专制。完颜亶秘密诱杀了完颜挞懒，挞懒的后人与部下逃到了蒙古。

这些人找到哈不勒，和他合谋攻打金国，哈不勒自然答应。在完颜挞懒族人的帮助下，蒙古兵屡屡进犯金国，占领了不少的领土。完颜亶眼看着局势不对，连忙找到南宋议和，派遣皇叔完颜兀术北伐蒙古。

完颜兀术是曾与宋国名将岳飞、韩世忠交过手的名将，不是胡沙虎那样的庸才，但是金国师老兵疲，双方相持日久仍胜负未分。宋高宗绍兴十七年（1147年），完颜兀术担心重蹈覆辙，派遣使者跟蒙古议和。金国答应把蒙古占领的土地割让出去，每年送给对方

2. 铁木真逃亡

牛羊米豆，并且册封哈不勒为蒙兀国王。

哈不勒汗年老病危时，并没有把王位传给儿子，而是交给了堂弟俺巴孩。

俺巴孩的舅舅重病，请了塔塔儿部的巫医前来看病，却没有看好。俺巴孩的亲戚一气之下，将巫医处死泄愤。

塔塔儿部因此兴兵复仇，但俺巴孩兄弟骁勇善战，塔塔儿部险些覆灭。于是塔塔儿部耍了阴谋，假装要与俺巴孩结亲，又诈降设计抓住俺巴孩，把他献给金国。金国早就对蒙古国怀恨在心，于是将俺巴孩折磨致死。

俺巴孩知道金国人不会放过他，于是当着金国皇帝的面发下诅咒："你用武力战胜不了我，只能借助他人的手段！我虽然死得凄惨，但我的兄弟子侄还有很多，他日定将复仇！"

俺巴孩死后，他的兄弟——哈不勒的第四子忽都剌（là）哈继位，先后率兵讨伐金国和塔塔儿部。金国筑起高墙防御，蒙古兵一时攻打不下来，就火力全开攻打塔塔儿部。塔塔儿部早就有所防备，首领铁木真兀格和大将库鲁不花等人率众迎战。

忽都剌哈派出了也速该迎战，也速该是哈不勒次子的第三个孩子，能拉开七石的强弓，无论是打猎还是作战，他的猎获都比其他平辈多。他此时才成婚不久，新娘是从蔑里吉人那里抢亲过来的美人诃（hē）额仑，由汗王忽都剌哈亲自为他证婚，可见器重。

忽都剌哈的侄子也速该英勇非凡，不仅击退了塔塔儿部士兵，还生擒了铁木真兀格和库鲁不花。恰巧在这时，也速该的妻子诃额仑生了一个奇特的婴儿。这婴儿出生时，手里紧紧地握着一个红色的血块。血块就像红宝石一样坚硬，人们都认为这是吉祥的象征。

也速该十分高兴，他大声说："我这次出征生擒了铁木真兀格，就给这个孩子取名叫作铁木真吧，以纪念此次作战胜利！"也速该

回国后没多久,忽都剌哈就病重去世了,也速该当上了蒙古的国主。

好景不长,铁木真九岁时,也速该在为他提亲时,寻访到了弘吉剌部,遇到了一位叫德薛禅的首领。德薛禅说:"我昨夜梦见一个新郎官,和你家公子很像,莫不是老天预兆?我有一个女儿孛儿帖,也是我的掌上明珠,如今也到了订婚的年纪。"

德薛禅带着也速该回到家中,叫孛儿帖出来迎接贵客。孛儿帖漂亮伶俐,比铁木真略长一岁,也速该大喜,当下留下骏马,作为聘礼,就要带着铁木真和孛儿帖回部落。

德薛禅挽留道:"我只有这一个宝贝女儿,亲家不如让铁木真在这多住几天。"

也速该说:"已经是一家人了,客气什么!"就将铁木真留在

2. 铁木真逃亡

了德薛禅这里，自个儿上路了。

半路上，也速该看到塔塔儿人正在举行宴会。他刚给儿子定下亲事，心情大好，对方又热情邀请，便欣然赴宴。酒肉下肚，却觉得肚肠有如刀割——塔塔儿人在食物里下了毒药！

也速该连忙叫来随行的骑士蒙力克，说道："你和你父亲察剌合一向忠心耿耿，我中毒已深，走不了啦，但我儿子铁木真还在弘吉剌那里，你们快去将他领过来！"

蒙力克连忙去找铁木真，等两人赶到时，也速该已经毒发身亡。铁木真母子看到也速该的惨状，痛哭过后，收殓了遗骸。

失去了依靠的诃额仑母子回到部落，本想着拥立铁木真为新主，但也速该一死，部落立时陷入内乱。铁木真母子受尽了族人的冷落与白眼，只有忠诚的察剌合老人与儿子蒙力克照顾他们孤儿寡母。

当时已故俺巴孩汗的族人自成一个新部落，叫作泰赤乌部，各部大多前去归附。也速该死后的第二年，正赶上部落的祭祀。诃额仑带着铁木真前去，对方却连祭祀用的肉都不愿分给他们。

诃额仑知道后非常生气，拉起旗帜，带着铁木真和剩下的几十个族人气势汹汹地出发了。诃额仑找到这群叛徒，用长枪指着他们，痛斥他们的不忠。有些人自觉惭愧，也有些人被诃额仑感化，纷纷跟着诃额仑回到部落。

泰赤乌部的人从此更加仇恨诃额仑母子。诃额仑担心孩子们遭遇毒手，常常教导铁木真和五个弟弟妹妹团结起来，练好本领，日后找准时机报仇。

一天，铁木真带着弟弟妹妹在山中游猎，被泰赤乌部的人撞了个正着。铁木真的兄弟拿起弓箭，射击敌人，但这些人目标明确，绕过他们，径直地朝着铁木真奔了过去。

铁木真连忙催促马儿逃入山林，几天之后，他见泰赤乌部的人

陆续撤走,就找了条小道下山,谁知踏进了泰赤乌部早就布置好的陷阱,成了俘虏。

铁木真被抓后,因为泰赤乌部的人在过节,并没有直接被处死。铁木真趁着守卫不备逃了出去,藏身河道中,不料被一个叫锁儿罕失剌的泰赤乌部人撞见。锁儿罕失剌看到铁木真,同情他的遭遇,

把他放走了。

铁木真看着锁儿罕失剌离去的背影,心想,反正自己也跑不动了,这人如此善良,不妨暂时躲藏在他的家里。铁木真蹑手蹑脚地跟着锁儿罕失剌回家,乞求他收留自己。

锁儿罕失剌十分为难,正当他犹豫不定的时候,他的两个儿子走了出来,其中年龄大一点的叫沉白,小的叫赤老温。这两个少年和铁木真同龄,他们不忍心看到铁木真被抓,乞求父亲收留铁木真。

2. 铁木真逃亡

锁儿罕失剌同意了，但是不能让铁木真公然露面，只能把他安排到羊毛车里居住。

羊毛车里又闷又热，四周都被羊毛遮挡。铁木真不敢出去，还好锁儿罕失剌的女儿合答安每天给他送饭吃，他才勉强坚持了下来。

但是搜捕铁木真的人也在四处寻找他，半夜，一群泰赤乌部士兵来到锁儿罕失剌的家里，点名道姓地要他交出铁木真。

 3. 铁木真崛起

　　锁儿罕失剌见形势不对,强装镇定地让来人搜家。锁儿罕失剌的女儿合答安见追兵来了,连忙弄乱了堆放羊毛的车子,将铁木真藏在一堆羊毛之中。

　　搜到羊毛车的时候,铁木真吓得屏住了呼吸,只听到锁儿罕失剌说:"这么热的天气,人要藏在羊毛堆里,热都热死了。"泰赤乌部的士兵这才散去。铁木真侥幸逃过了一劫。

　　等士兵们走后,锁儿罕失剌急忙送了一头骡子、一把弓箭和一些食物给铁木真,让他尽快逃离此地。铁木真跪在地上向锁儿罕失剌拜了几拜,又一一谢过了这几日照顾他的赤老温和合答安,承诺将来一定会报恩。

　　铁木真一路飞奔,终于安全回到了家里。后来他们迁居不儿罕山前,古连勒古岭,这里有河流湖泊,一家人在这里牧马打猎。一天下午,铁木真家的八匹马被人偷走,他带了弓箭骑着马顺着踪迹追去。途中遇到了一个叫博尔术的少年,牵着两头骏马,他也是孛端察儿的后代。两人意气相投,结伴而行,博尔术见铁木真骑的老马疲惫,将一匹骏马借给铁木真。两人追进贼人的马圈,顺利从贼人手中夺回了那八匹马。

　　两人赶着马回到博尔术家中,博尔术的父亲正也因儿子失踪而

3. 铁木真崛起

垂泪，铁木真连忙叩谢，愿意将马送给博尔术，博尔术却不收，还给铁木真准备了羊肉马奶，两人依依不舍地告别。

追失马幸遇良朋

过了几年，诃额仑催促铁木真到弘吉剌族人德薛禅的家里提亲。先前，父亲也速该已经跟德薛禅谈好了这门婚事。

铁木真和弟弟别勒古台来到了弘吉剌部。德薛禅对铁木真被泰赤乌部人排挤表示担心，又见铁木真长得这般雄伟而感到欣慰。铁木真把自己之前的经历告诉德薛禅。德薛禅听了之后，感叹道："吃得苦中苦，方为人上人，你以后必将成为一个了不起的人。"

德薛禅被铁木真顽强的意志力打动，当晚就让女儿孛儿帖嫁给了他。他担心也速该的事情重演，于是与妻子一同打点车马，送铁木真夫妇一行归家，直到送到铁木真部落，见过了亲家母诃额仑，让孛儿帖恭恭敬敬拜完了婆婆，方才返回。

铁木真解决了人生大事,但他想的是另一件事。从父亲也速该去世后到今日,他和几位兄弟过的都是颠沛流离的生活。如今他已婚娶,再也不能和以前一样东躲西藏了。想要在这茫茫草原上生存下去,必须寻找可靠的盟友。

也速该在世时,曾经帮助克烈部的汪罕夺回领地,两人结成同盟,一同对敌。铁木真打算与克烈部的汪罕重订盟约。恰巧孛儿帖的陪嫁中,有一件名贵的黑貂鼠裘皮做的大袄。

铁木真与兄弟一同带着黑貂鼠袄子,拜见了克烈部的汪罕。汪罕名为脱里,看到铁木真兄弟十分欢迎。铁木真将袄子献给汪罕:"您老人家曾经与我父亲亲如兄弟,我看见您,就像是见到了父亲一样!现在我的部落还很穷困,没有什么好孝敬您的,这是我妻子的陪嫁,特来献给您老人家!"

汪罕脱里看到如此华贵的袍子,两眼放光。听完铁木真这些年的遭遇,承诺道:"你离散的族人,我都帮你找回来。你逃亡的族人,我让他们和你团聚。你无须担忧,我汪罕作为长辈,一定会帮你的忙。"

汪罕招待了他几日,临别时,他以叩拜父亲的礼仪拜别汪罕,令汪罕很是满意。

可是回到家中,才歇息不久,铁木真却听闻有许多骑马的歹徒奔袭而来,他原本以为是泰赤乌人,有汪罕从中调停,还有谈判的机会。没想到,来的却是与父亲也速该有旧仇的蔑里吉人!

原来,铁木真的母亲曾经是蔑里吉人客赤列都的妻子,被也速该抢了过来。现在蔑里吉人趁着铁木真不备,故意把他的妻子抢走报复。忙乱之下,铁木真只好将母亲诃额仑与小妹扶上马背,让兄弟护送着她们进山避难,然而载着孛儿帖的马车却走不快,铁木真只能眼睁睁看着蔑里吉人将妻子劫走。

3. 铁木真崛起

铁木真无兵无将，幸好之前已与克烈部首领汪罕脱里定下盟约，就让两个兄弟合撒儿、别勒古台分别请求汪罕与札木合帮忙。

札木合也是字端察儿的后代，与铁木真出自同一个先祖。他比铁木真略为年长，儿时便已熟识，二人以安达——也就是蒙古人说的"兄弟"相称。

铁木真落难时，札木合也尚在年少，帮不上什么忙。但如今他已长大，强悍善战，已是札答阑部的首领了。铁木真还让别勒古台顺路联系曾与他一同大战盗马贼的勇士博尔术，兄弟两人骑上快马，搬救兵去了。

汪罕脱里听说了铁木真的困境，马上表示出兵两万助阵，札木合听说儿时的伙伴有难，也伸出援手，一起攻打蔑里吉人。可会师之时，汪罕和札木合却争执了起来。

原来札木合点起了两万骏马，日夜赶路。汪罕脱里却慢慢悠悠，晚到了三天。札木合要惩戒汪罕，铁木真只得从中调停，这才平息了纷争，却也为今后的争端埋下了种子。

札木合战争经验丰富，他说："蔑里吉人以为你士兵稀少，他们分成三部，就在不儿罕山后安营扎寨，我们不如翻越不儿罕山，渡河趁夜偷袭，一举将他们统统消灭！"

于是他们翻过不儿罕山，将山上的树木砍下扎成木筏，神不知鬼不觉地渡过了勤勒豁河，将蔑里吉人的男女老幼一起俘获。蔑里吉人的首领只得带着少数骑兵仓皇逃走，连妻儿都扔给了铁木真的联军。

在强强联手之下，蔑里吉部被打败，铁木真终于找回了妻子，还收养了蔑里吉部首领逃命丢下的五岁小儿子曲出。

汪罕和札木合将蔑里吉人的部民牛马分作三份，与铁木真均分。铁木真满怀感激地对汪罕与札木合说："汪罕就像我的父亲，札木合就像我的兄长,您二位可怜我才出兵相助,我妻子才得以生还,怎么还奢望分得战利品呢?"但札木合执意要分给铁木真三成。

札木合对铁木真说:"我和你年幼时候就是好友,当时我们互赠礼物,我还记得!如今我们的交情,还应该像以前一样,我们就在这里一同住下。"

札木合邀请铁木真来自己的营地居住,好互相照应,铁木真高兴地答应了。一年多后,两人结伴游猎,策马登上峰峦。札木合问:"你知道这草原上,为什么有这么多野兽?"说罢自问自答:"那是因为没有一头称王称雄的猛兽,不然它就要把这些小兽吃尽吃绝了!你说是不是?"铁木真感觉到札木合有些猜忌自己,搪塞过去,回家后向母亲诃额仑复述一遍。诃额仑说:"札木合当初要分你一份战利,是防止汪罕坐大。他这是将自己比作统治草原的巨兽,想做最大的汗王!我听说他喜新厌旧,现在你与他还有些交情,等将来恩断义绝,必定被他所害,不如早日分开。"

于是铁木真带着母亲、妻子和弟弟妹妹回到了桑沽儿河老家,途中又遇到了泰赤乌人。但他的实力已今非昔比,泰赤乌人看到他,只能作鸟兽散。他收留了泰赤乌部一个叫阔阔出的小男孩。

与蔑里吉人一战后,铁木真拥有了一些部众,积累了越来越多的牲畜。随着经济实力的强盛,铁木真有了建立一个大部落的想法。他开始招兵买马,以前离去的部众渐渐归来,铁木真也不计前嫌,好酒好肉地招待他们。

过了几年,铁木真旗下的部众达到了四万人左右,甚至超越了也速该生前的规模。铁木真在众人的拥戴下当上了首领。

铁木真有意壮大部落,安排专人管理饮食、放牧、兵器、军事等各项事务,他的部落里,有了掌管膳食的管家,有忽必来等勇士

3. 铁木真崛起

带刀护卫,有别勒古台掌管骑兵,又有患难之交博尔术总管大帐,方方面面都安排得井井有条。

安排完部落里的一切后,他分别向汪罕和札木合派出了使者。汪罕倒是没说什么,只是提醒铁木真莫要忘记了以前的情谊;札木合却话语不快,指责铁木真不念旧情,破坏同盟,铁木真也只能注重军事,提防着其他部落入侵。两年后,撒阿里一带果然出了问题。

撒阿里地处蔑里吉部的西南边陲,原本是忽都刺哈汗大儿子、铁木真的叔叔拙赤的家。突然有一天,他的马被人抢去不少。拙赤亲自追击抢马的人,还把为首的强盗一箭射倒。

被拙赤射中的人,正是札木合的弟弟秃台察儿。札木合听说了这件事,十分愤怒:"铁木真忘恩负义,我本想除掉他,现在他的亲属射杀了我的胞弟,此仇不报,枉自为人!"

他随即派出使者，直接联合十三个部落，其中更是有铁木真的死敌塔塔儿部、长年排挤铁木真家族的泰赤乌部，以及零零散散的小部落，率领三万名士兵，称作"十三部"，浩浩荡荡地朝着铁木真杀去。

铁木真收到警报，马上召集手底下的三万部众，将部众分作"十三翼"，即十三支作战的部队，连母亲诃额仑都穿上了戎装。

十三翼对十三部，这是蒙古草原上罕见的大战！

但是铁木真一方准备仓促，还没稳住阵脚，札木合的军队就兵临城下了。铁木真边打边退，一路退到一个山谷里面，让博尔术堵住谷口，这才能好好地休息一会儿。铁木真清点部众，死伤不少，幸好他的士卒训练有素，不至于一边倒地溃败而不可收拾。铁木真为部众的损失而怏怏不乐，博尔术却说："敌人兴师前来，气焰嚣张，就是想要一举消灭我们。我们防守一阵，他们锋头一过，师老力衰，十三部各自生出异心，那时我们一同杀出去，定能获得全胜！"铁木真听从博尔术的建议，决定跟敌军打持久战，坚守在山谷里面，只守不攻。札木合数次引兵进攻，都被博尔术选拔带领的神箭手一一挫败。

蒙古兵打仗，素来没有带军粮的习惯。札木合的军队没有粮食，饿得饥肠辘辘。这群士兵到处寻找食物，东一队，西一群，大本营里空荡荡的。博尔术建议，扭转战局的时刻到了！铁木真找准时机，率兵突袭敌营。

札木合想要聚集士兵坚守营垒，可部将都出去狩猎去了，仅剩的手下被打得猝不及防，做鸟兽状四散逃开。有三个小部落，被铁木真一冲而散。札木合的部队还没来得及集合，已经军心动摇，就连札木合本人也早就骑上一匹千里马，溜之大吉了。铁木真的部下士气大振，骑马踏平了敌军的营帐。经此一战，札木合的军队士兵

注：图中“帖木真独胜诸部”应为“铁木真独胜诸部”。

死伤数千名，还被铁木真俘虏了几千人。

自此之后，铁木真的名声在各个部落之间传开，附近的部落都前来投靠。

一天，铁木真带着随从外出打猎，正好碰上了泰赤乌部下的朱里耶人。随从看到铁木真的老仇人，叫嚷着要把他们抓起来。铁木真却说，这些人没有主动伤害自己，不应该随便抓他们。

朱里耶人看到铁木真很平易近人，就跟铁木真诉苦，说他们老是被泰赤乌部人欺负，只能四处流浪，连个居住的营帐都没有。铁木真听了之后，不仅让他们住到自己的营帐里，还把打猎得来的食物分给他们。

朱里耶人十分感动，四处宣扬铁木真贤德。有些泰赤乌部人听说了，也纷纷跑来归顺。其中包括赤老温、神箭手哲别。铁木真见

当年有着救命之恩的赤老温前来投奔,感慨万千。赤老温又趁机引荐哲别,哲别在泰赤乌部时曾多次与铁木真作战,一箭射死了铁木真的战马,险些让铁木真被生擒活捉。铁木真最欣赏勇士,不计前嫌,一一接纳了他们,重用了赤老温与哲别。附近的部落看到铁木真待人如此宽厚,也跟着来投奔他。

铁木真多出许多部众,于是在斡难河畔大摆宴席,慰劳庆贺。偏偏在这宴席之间,生出了事端。

铁木真有个叔伯兄弟薛撒别吉,屡有战功。但他仗着功劳狂妄自大,手下更是嚣张跋扈。宴会期间,别勒古台不经意看到一个小贼偷盗马匹,于是上前阻拦。谁知他的同伙竟一刀砍在别勒古台的肩膀,纵使别勒古台身着皮甲,也被砍得鲜血迸流。行凶者竟说,他是薛撒别吉的掌马官。

别勒古台一怒之下,找到薛撒别吉,用木棍与他决斗,薛撒别吉敌不过铁木真亲弟,狼狈败走,但从此怀恨在心。

正好金国皇帝派遣丞相完颜襄攻打塔塔儿部,铁木真与金国一同发兵,进攻当初出卖他祖父的世仇。薛撒别吉却派人私下与塔塔儿部议和,铁木真听说后勒令薛撒别吉:"六日之内,必须出兵会合!"然而到了会师之日,却不见薛撒别吉军队的踪影。

铁木真与金军两面夹攻,将塔塔儿部酋帅堵在营帐中击毙。铁木真在营帐中找到一个身着锦被的婴儿,于是收养了他,取名失吉忽秃忽。

金国丞相完颜襄见铁木真如此善战,动了招揽的心思,许诺要为他封官。这时薛撒别吉却不期而至,看到铁木真队伍最后的老弱残兵都有战利品,就起了歹心,杀掠一番,抢了财物马匹扬长而去。

铁木真听闻后大怒:"之前念着薛撒别吉与我同出一族,谅解他伤我胞弟,他不光不与我一同进攻塔塔儿人,还纵兵袭掠我的士

3. 铁木真崛起

卒,此人不可饶恕!"

几个月后,铁木真带兵前去薛撒别吉的领地,将这作恶多端的兄弟二人擒杀,将家族的毒瘤扼杀,但原谅了他们的家属。薛撒别吉有一个儿子博尔忽,性情与父亲截然不同,诃额仑见他没了父亲,就收养了他。在归途中,铁木真又遇到了一个扎剌赤儿家庭来投,其中最有才能的一人名叫木华黎,后来随着铁木真南征北战。

博尔忽英勇忠义;木华黎沉着坚毅;赤老温宽厚和机智;博尔术多谋善断,他们都立下了赫赫战功,蒙古人以"四杰"尊称纪念他们。

 元 | 4. 铁木真救汪罕脱里

札木合自从被铁木真重创之后,一直养精蓄锐,暗地里谋划着卷土重来。他听说西南地区的乃蛮部实力雄厚,便用重金贿赂乃蛮部首领,企图联合他们一起进攻铁木真。

乃蛮部首领太阳汗十分犹豫,他的弟弟不亦鲁黑汗却向来与兄长不和,便一口答应札木合,还亲自率兵前往。铁木真提前收到了消息,他联合汪罕脱里,采用先断联军一臂的打法,出其不意地偷袭了不亦鲁黑汗的军队。不亦鲁黑汗毫无准备,被打得丢盔卸甲,狼狈不堪地退了回去。

一些部落担心实力强盛的铁木真攻打自己,歃（shà）血立誓,签订了同盟密约。札木合趁机笼络他们,当上了联盟的首领,被称为古儿汗。还有泰赤乌部、蔑里吉部、乃蛮部的不亦鲁黑汗以及塔塔儿余部都赶来会合。札木合会同各部落首领,发兵合力攻打铁木真。

但是联盟中有人偷偷向铁木真告密。铁木真得知消息,派人去请汪罕脱里出兵。汪罕脱里和铁木真各派出几百名士兵作为前队,自己则和铁木真带着大部队徐徐前进。没想到的是,汪罕的儿子鲜昆轻敌冒进,带着一小队骑兵先去迎战,铁木真连忙率部前去增援。

不亦鲁黑汗率兵来到阔奕坛原野,发现汪罕脱里的前锋鲜昆只

4. 铁木真救汪罕脱里

有几百人,便放松了警惕。就在这时,铁木真和汪罕脱里却突然率兵从两侧杀出,总算没有让鲜昆失陷敌手。不亦鲁黑汗正手足无措之际,札木合率兵赶到。札木合见到这种场景,想让蔑里吉部首领的儿子忽都施展巫术迷惑对方。不亦鲁黑汗说他也会巫术,札木合喜出望外,让不亦鲁黑汗马上作法。

只见不亦鲁黑汗端出一盆清水,又拿出几枚奇特的石子放进水里,然后抬头望着天空,叽里咕噜地念了半天的咒语。念着念着,天空忽然间乌云密布,铁木真阵营上方便下起了倾盆大雨。

札木合看着瓢泼大雨,高兴之情溢于言表。他不急着进攻,吩咐士兵们等待时机。他想趁着铁木真的军队自乱阵脚,再借助狂风暴雨的掩护冲杀。可没想到的是,这狂风吹着吹着,竟然裹挟着大雨往札木合的军营刮了过去。

这下可好,铁木真看到风势掉转,马上让手下的人摇着大旗向前冲，径直朝着札木合的方向杀去。札木合心中无奈，悲愤万分："老天啊，你为何保佑铁木真，却不保佑我呢？"此时，铁木真与汪罕的军队已经风卷残云一样打了过来。

札木合的军队军心大乱，他本人在走投无路之下，也只好乖乖地投降汪罕脱里。铁木真追上了泰赤乌部，多数部众投降了他。铁木真却在投降的人中寻找锁儿罕失剌，当年他落难逃亡时，泰赤乌部的锁儿罕失剌曾将他藏在羊毛车中，这才没被缉拿他的人抓走。铁木真追到一处山岭，听到一个女子在大喊："铁木真，救我！"

铁木真循声望去，脸上一喜，原来呼救之人正是锁儿罕失剌的女儿，当初每日为他送饭的合答安，她和亲人在乱军之中失散了。第二天，有人入帐求见，铁木真一看，正是他寻找的锁儿罕失剌。原来锁儿罕失剌早就有意来投，却被泰赤乌部的酋长扣着不放，他挂念家人，脱不开身。铁木真说："我每日思念，今天终于可以报恩了。"听说合答安的丈夫已经死在了军中，铁木真就娶了合答安做妾室。

收降了泰赤乌部，铁木真又趁势攻打塔塔儿部，要想战胜这个世仇与劲敌，并不容易。铁木真战前约法三章：不准战前掠夺财物，不准战后私吞战利品，军队进退都要听从指挥！他已有了威信，战士们无不应允。铁木真与塔塔儿部激战了数次，塔塔儿人只得坚守营寨，给铁木真的军队造成了许多损伤。铁木真把他们的男丁全部斩首，女眷则充当奴婢，一洗当年投毒之仇。塔塔儿部的首领战死，铁木真娶了塔塔儿部的两位贵族女子——也速干与也遂，就是后来的也遂皇后。

战事结束，清点战利品时，铁木真却发现堂叔阿勒坛、叔父答力台、堂弟火察儿三位将领自恃功高，公然违抗军令，私下掠夺了不少财物，便要对他们加以处罚，在众将求情下才网开一面，但阿

4. 铁木真救汪罕脱里

勒坛三人却怀恨在心，背弃了铁木真。

正当铁木真想攻打蔑里吉部的时候，他忽然收到消息，说汪罕脱里已经打败了蔑里吉部。汪罕脱里抢了不少的人口、牲畜和金银珠宝，却没有告诉铁木真，更没有赠送一金一银给他。铁木真忍耐着不满，仍和汪罕脱里约好一起攻打不亦鲁黑汗。不亦鲁黑汗听说联军来了，望风而逃，一溜烟跑到阿尔泰山去了。然而半路上，铁木真与汪罕竟撞见了乃蛮部。

两军约好天亮之后一同进攻乃蛮部，当晚各自驻扎，按兵不动。但是到了第二天，铁木真发现汪罕脱里的军营静悄悄的，一个人影都没有。他让手下前去察看，得到的消息令他大为震惊：汪罕脱里的军队早就撤走了！

铁木真派人打探，得知是札木合在从中作梗。原来，札木合投降汪罕脱里之后，不断地跟汪罕脱里说铁木真有异心。铁木真虽然

非常愤怒,但是想到汪罕脱里也是听信了谗言,便没有再追究。

不久,汪罕脱里的使臣却找上门了。原来,在离开铁木真后,汪罕脱里遭到乃蛮部的突袭,不仅被抢走了军粮和金银珠宝,乃蛮部还掳走了他儿子鲜昆的妻子。汪罕脱里咽不下这口气,厚着脸皮请求铁木真支援。他听说铁木真手下有四位猛将,点名让他们前去支援,并说是受了札木合的挑唆(suō),这次教训之后,再也不听旁人的谗言了。

铁木真念及旧时情谊,爽快地派出木华黎、博尔术、赤老温和博尔忽四名猛将。四猛将来到战场的时候,汪罕脱里的军队正呈困兽状,被乃蛮部打得团团转,鲜昆的战马中箭,眼看就要被乃蛮人俘虏。四名猛将率领一支人马冲杀过来,战争局势瞬间扭转,乃蛮军被打得落荒而逃,鲜昆的妻子等人都被抢回。

脱困后的汪罕脱里非常感动,他感慨道:"当年铁木真的父亲也速该救我于危难之中,如今铁木真又让最厉害的四杰救我,他父子二人的恩情,我怎么回报呢?"于是真诚地请求认铁木真为义子,让铁木真与鲜昆结为兄弟,好像他们当年的父辈一样,互为盟友应援。铁木真也与汪罕脱里冰释前嫌,在土兀剌河岸订下盟约。这时候,铁木真顺水推舟,想替长子术赤向汪罕脱里求亲。对此,汪罕脱里是没有意见的,但他的大儿子鲜昆却第一个跳起来反对。他向来看不起铁木真,却又嫉妒他的功业。

而札木合也贼心不死,他收买了铁木真的堂叔阿勒坛、叔父答力台、堂弟火察儿,诱使他们背叛铁木真,投靠汪罕脱里,并在鲜昆面前造谣说铁木真与乃蛮部的太阳汗私下结盟,想要杀害汪罕脱里。鲜昆这人听风便是雨,火急火燎地跑到自己父亲面前告状,阿勒坛三人忙在一旁煽风点火。

可汪罕脱里听说是札木合在中间撺掇,直言信任铁木真,不为

4. 铁木真救汪罕脱里

所动。鲜昆又与阿勒坛三人想出了另一个鬼点子,他打算先假装同意联姻,等铁木真带着求亲队伍来到自己部落时,就加害于他。

鲜昆派人给铁木真送信,要他前去赴宴,当面约定婚姻。铁木真不疑有他,带上十几个人便高高兴兴地出发了。等到了半路上,铁木真临时到自己旧部下明里也赤哥的家里歇脚。明里也赤哥听说了此事,提醒铁木真要提防鲜昆。

铁木真稍加思索,决定派两个使臣代替自己前往汪罕脱里部,自己则打道回府。铁木真等了两天,始终等不到那两人的消息。他担心有什么变故,又带着几百名骑兵到半路上等待。

而这时,西边突然来了个骑着快马的人,执意要见铁木真。

5. 铁木真大战鲜昆

来人自称是汪罕脱里部的牧人，此番前来是向铁木真揭穿鲜昆的诡计。从他的口中，铁木真得知自己派去的使臣已经被扣留，而鲜昆正率大军赶来，打算偷袭铁木真。

铁木真大惊失色，他此次出行并没有做准备，只带了几百人，根本无法抵抗鲜昆的精兵良马。铁木真急忙吩咐手下撤了营帐，往旁边的深山逃去。

铁木真躲进深山里，担惊受怕地度过了一夜。第二天天还没亮的时候，铁木真的侄子阿勒赤歹在山上牧马，一眼就看到了不远处鲜昆的大军，慌忙跑回来告诉铁木真。

铁木真目前势单力孤，他把部下召集到一起，跟他们商量应敌的对策。结果大家也是大眼瞪小眼，都说不出什么好办法。

这时，猛将畏答儿站了出来，他建议派遣一支队伍绕后偷袭鲜昆军队，而铁木真则跟鲜昆正面较量。两支精兵前后夹击，一定能打败敌军。

畏答儿的计策很有风险，但是眼下也没有更好的办法。铁木真点头同意，命令术撤带率队做先锋。但术撤带畏首畏尾，不敢上阵。畏答儿看不下去了，主动请缨。另一员大将折里麦也站了出来，表示愿意前往。

5. 铁木真大战鲜昆

众人都被这两人的勇猛感动，就连术撤带也受到了感染，请求上场作战。于是，铁木真命令术撤带领兵在前，自己押着后队，来到山前摆好阵仗。

畏答儿等人绕过山后也来到山前，好巧不巧，撞见了敌军先锋只儿斤。只儿斤提着大刀，气势汹汹地朝着畏答儿冲了过去。畏答儿临危不惧，正面接住只儿斤的厮杀。

两队主将厮杀之际，他们的部下都挥着武器打成一团。畏答儿一方虽然人数少，但是个个勇猛异常，不断地突破只儿斤队伍的防线。只儿斤眼看着局势对自己不利，只好收刀撤退。

畏答儿看到只儿斤掉头就跑，立即策马追去。折里麦看到主帅先行，也带着士兵们紧随其后，大有不破不归之势。

就在畏答儿等人乘胜追击的时候，汪罕脱里的部下秃别干率领援军队赶了过来。只儿斤看到前方有援军，马上士气大振，勒马掉头朝着畏答儿杀过去。

此时的畏答儿已经精疲力竭，挥刀匆忙应战，显得心有余而力不足。秃别干趁此机会，狠狠地举枪朝着畏答儿刺去。幸好畏答儿身手了得，这一枪只刺中了畏答儿骑着的马。即便如此，那马被刺中腹部，一下因疼痛乱了阵脚，逃跑中把畏答儿狠狠甩了出去。

秃别干看到畏答儿摔下马，狞笑一声，拿着长枪直直刺向畏答儿的面门。生死攸关之际，"锵"的一声，一名勇士用刀挑掉秃别干的长枪，把畏答儿救了下来。

这名勇士叫兀鲁，他是术撒带手下的一名前锋。兀鲁救下畏答儿之后，又策马去追秃别干。此时，汪罕脱里的第三路援军赶到，带头的董哀和兀鲁大战一场。兀鲁不敌董哀，恰好术撒带也带兵支援，这才一举击退了敌方第三路援军。

可没等第三路援军走远，第四路援军又来了。这次带队的叫火力失烈门，他挥舞着两个大铁锤，看上去就气势凌人。术撒带看到敌军来势汹汹，不免有所忌惮，周旋着和对方打了几十个回合，难以分出胜负。

就在此时，不远处扬起一面高高的旗帜——铁木真来了。

火力失烈门一看到铁木真，完全不顾面前的术撒带，抡起两个大铁锤朝着铁木真杀去。术撒带心里一慌，刚想追上，却被鲜昆率大军拦住去路。术撒带没有办法，只好先招架鲜昆。

然而铁木真身边有博尔术和博尔忽两名虎将。他们双双联手，勉强接住了火力失烈门的攻势。铁木真的三儿子窝阔台见状，也加入战斗，三个人把火力失烈门团团围住。火力失烈门眼看着抵挡不住，虚晃几招，转身便逃出了包围圈。

火力失烈门一逃，博尔术等人立刻追了上去，不料，却中了火

5. 铁木真大战鲜昆

力失烈门的计谋。火力失烈门把他们引入军阵中,团团包围住。博尔术等人如瓮中之鳖一般,即便再怎么勇猛,也不敌人数众多的敌军。

鲜昆看到铁木真的两名虎将被包围,心中十分得意,大喊一声:"没抓到铁木真,不能退兵!"

话音刚落,一支穿云箭"嗖"的一声刺中鲜昆的面门。鲜昆惨叫一声,向后一倒……

6. 铁木真致信汪罕脱里

鲜昆受了伤，脸颊非常疼。他不得不捂着脸，趴在马背上仓皇逃窜。

刺中鲜昆的这一箭，是术撒带射出的。这一箭十分关键，虽然不能一举击毙鲜昆，却直接打消了鲜昆的嚣张气焰，令敌军军心大乱。鲜昆逃跑后，他的军队也跟着撤退。术撒带追了几公里担心被伏击，又退了回来。铁木真见鲜昆大军正在撤退，便吩咐手下不得恋战。

这时，畏答儿捂着脑袋出现在铁木真的面前，他的后脑勺血流不止，神色十分痛苦的样子。得知畏答儿是为了断后导致后脑勺中箭，铁木真流下两行热泪。他和畏答儿一起回到营地，亲手给畏答儿上药。

此番交战，铁木真一方仅仅伤亡数十人。但是大将博尔术、博尔忽、窝阔台三人仍未归队，生死不明。铁木真派出兀鲁和折里麦二人，带着几十个精锐的骑兵去寻找他们。

兀鲁和折里麦等人马不停蹄地找了一个晚上，才在一处幽静的地方找到了这三人。原来，他们被火力失烈门围困后，趁着鲜昆受伤的时候逃了出去。但不幸的是，窝阔台的脖子上中了一箭，三人只好躲起来休息了一晚上。

6. 铁木真致信汪罕脱里

这次虽然铁木真以少胜多,但是汪罕脱里的军队战力不减,如果对方卷土重来,铁木真的实力完全不足以招架。因此,铁木真决定先退兵,一边养精蓄锐一边招兵买马,等实力强盛后,再应对汪罕脱里。

铁木真带着部众一直向东方走,来到巴勒渚(zhǔ)纳旁。他舀起河水,高高举起,对着士兵们说道:"从今以后,我们共患难,同享乐,倘若往后有违誓言,必定天诛地灭!"听了铁木真的话,士兵们纷纷跟着宣誓,高声欢呼着铁木真的名字。

铁木真对待部众如同手足一般,所有人誓死效忠他。只用了几天的时间,铁木真便召集了四千六百多人。畏答儿听说铁木真整日奔波打猎,用作军粮的储备,竟不顾头上的伤势,执意跟着前往捕猎。结果他头上的伤口裂开,没多久便死了。

畏答儿死后,铁木真将他葬在呼恰乌尔山,不仅亲自祭奠他,还大哭了一场。士兵们看到首领如此重情重义,一时间士气大振,大喊着要为畏答儿报仇雪恨。

铁木真见状,下令马上出兵。他将部众分成两队,第一队由兀鲁率领,第二队由自己率领。两队人马朝着弘吉剌部前进。

等到了弘吉剌部,铁木真派出兀鲁去跟弘吉剌部的首领讨论联盟的事情。弘吉剌部和铁木真本就是姻亲,铁木真的母亲和妻子都是弘吉剌氏人。双方很快达成了一致,结下盟约。弘吉剌部地处蒙古的东南方,铁木真此举是为了消除东边的威胁。

之后,铁木真率兵大举向西进,驻扎在汪罕脱里部落的附近。他派人给汪罕脱里等人传信。信中,铁木真怒斥汪罕脱里等人背信弃义:

义父汪罕啊,当年您因为残害亲族,被父辈放逐到远方山隘,

随从所剩无几，那时救您的是谁？是我的父亲！他赶走您的叔叔，将您的部众交还，于是你们结义兄弟，我因此而尊称您为义父，这是我家族对您的第一个恩德！

您来看望，我拿出最好的礼物，缴获蔑里吉部的牛羊辎重，全部赠给了您，这是我家族对您的第二个恩德！

我与您一同发兵讨伐乃蛮部，您不辞而别，又趁着我攻打塔塔儿部时劫掠蔑里吉部，无论是部民还是牛羊，没有一样与我分润，我视您为义父，并未过问，这是我家族对您的第三个恩德！

您被乃蛮部偷袭，儿媳辎重一同被掠走，向我求援。我派出四杰，将您失去的统统抢回来还给您，这是我家族对您的第四个恩德！

我们结为盟友，您却听信小人离间，往常我四处征战，哪次没有将战利分您一分，您背叛我时，却毫无顾忌，这是我家族对您的第五个恩德！

作为义子，我能做的都做了。您可有像我敬爱您那样，宠爱我一分一毫？您为什么害怕我，为什么不能安宁？那都是因为我给的太多，而您回报的太少！

都说车架需要两头牛来驱使，去掉其中一头，还能前行吗？您嫌它不够卖力，鞭敲棒捶，那老牛也只能挣脱束缚，拼个你死我活了！言尽于此，请您明察！

除了给汪罕去信，铁木真还修书两封，分别让使者送给阿勒坛与鲜昆，指责他们不明是非，不要因此而害了汪罕。

汪罕脱里看了信之后，仍表示自己无意加害铁木真。鲜昆却十分愤怒，当即调兵遣将，打算在战场上分个高下，大有重燃战火之势。信使见对方无意修好，回来向铁木真汇报。铁木真碍于自己实力不强，并不敢贸然出兵。

6. 铁木真致信汪罕脱里

这时，木华黎对铁木真说："您不用担心，我有一个好办法，肯定能打败汪罕脱里。"

铁木真一听，连忙问木华黎是什么办法。木华黎担心人多眼杂，让左右侍从退下，贴在铁木真的耳边轻声说出。铁木真听了之后，紧皱的眉头一下子就松开了，他当即吩咐部下退回巴勒渚纳，只留弟弟合撒儿打点装备，随后跟上。半路上，不断有其他部落的人前来归顺，铁木真都一一接纳了。

等铁木真回到巴勒渚纳，合撒儿不久也回来了，但他看上去狼狈不堪。铁木真一问，才知道弟弟因为走得晚了一点，竟然遭到了汪罕脱里的偷袭，妻子和儿女被对方掳走了。

铁木真气愤不已，马上要出兵讨伐汪罕脱里。木华黎却仍旧是一副胸有成竹的样子，他对铁木真说："我们不仅可以让汪罕脱里归还俘虏，就连他们的妻儿，都可以抢过来。"

7. 克烈部灭亡

铁木真听到木华黎说有好办法,就把这事交给他去处理了。木华黎找到合撒儿,和他商议了半天,制定出一条计策。

没过多久,曾经背叛铁木真的答力台回来了,还带着其他部落的人。

原来,铁木真写信给汪罕脱里的时候,也给答力台写了一封信。答力台得知铁木真念及旧情,愿意给自己一个机会,打算前来归顺。他原本想杀了汪罕脱里戴罪立功,但是被对方发现,如今只能仓促逃到铁木真处寻求庇护。

铁木真接纳了答力台等人,然后整顿军马,准备进攻汪罕脱里的部落。大军前进途中,铁木真看到合里兀答儿和察兀儿罕两个人骑着马赶到,他们身后还带着一个俘虏。

原来,合撒儿让这两人找到汪罕脱里,谎称他与哥哥铁木真失散,要归顺汪罕脱里。汪罕脱里深信不疑,派出一个使臣跟着这两人前来。合撒儿因妻儿被擒,心里正憋着一口气,就一刀斩杀了来人。

这时,木华黎走了出来,原来这些计谋都是他策划的。木华黎对铁木真说,汪罕脱里此时在山上设宴,可以趁此机会出其不意地偷袭他。铁木真听从了他的建议,安排合里兀答儿等人率前锋队前往汪罕脱里所在的温都尔山。

7. 克烈部灭亡

上山之前，铁木真预料到汪罕脱里等人会逃往山下，便兵分两路，一路人马杀上山，另一路人马则绕到山后挡住汪罕脱里的退路。汪罕脱里等人正在大摆宴席，在席间喝得醉醺醺的，丝毫没想到自己已经被铁木真的大军包围。

"咻——"

一声哨响过后，千军万马从漆黑的树林里蹿了出来。汪罕脱里的部下吓得胡乱逃窜，他们刚跑到山下，就被铁木真的伏兵逮了个正着。汪罕脱里的部下四面楚歌，他们和铁木真的人马厮杀一天一夜，愣是杀不出重围。被困三天之后，这些人已经精疲力竭，只好乖乖束手就擒。

铁木真清点俘虏的时候，发现汪罕脱里和鲜昆不在其中。经过审讯，铁木真从一个叫合答黑吉的人口中得知，汪罕脱里父子早就在他的掩护之下逃走了。

这合答黑吉是个忠心耿耿的好汉,特意跟铁木真大战三天,为的就是多给汪罕脱里父子争取一些逃生时间。铁木真被合答黑吉的忠肝义胆打动,真诚地说:"我也并非一定要杀死汪罕脱里父子不可,实在是因为他们五次三番地挑衅我。就算把他们抓住了,我也不会杀了他们。如果你能理解我,我也会重用你的。"

说完铁木真还为合答黑吉松了绑。合答黑吉被铁木真的赤诚打动,当即表示自愿加入铁木真的麾下。

此次温都尔山大战中,铁木真不但收获了一名大将,还把合撒儿的妻儿都安全带了回来,另外也缴获了不少的武器和军粮,可谓是收获满满。汪罕狼狈逃窜,丢下了侄女莎儿合,她与铁木真第四个儿子拖雷年岁相仿,铁木真将她许配给了拖雷。

反观汪罕脱里,他带着鲜昆狼狈逃窜,马不停蹄地跑了好几天才敢歇一会儿。两个人灰头土脸的,哪里还有首领的傲气?汪罕脱里回想起这一路的艰辛,开始长吁短叹,后悔自己听信别人的话猜忌铁木真。一旁的鲜昆听了,忍不住顶嘴几句。汪罕脱里跟他大吵一架,两个人就此一拍两散。

汪罕脱里一个人踽踽独行,不知不觉来到了乃蛮部的地盘。他一时口渴,走到鄂昆河打水喝,谁知被乃蛮部守将火力速八赤撞见。他以为汪罕脱里是奸细,直接将其斩杀,把他的头颅献给了首领太阳汗。

而鲜昆和汪罕脱里分别后,无处可去,跑到其他部落抢劫。鲜昆被这些部落驱逐,灰溜溜地跑到回部的地盘。没过多久,劣迹斑斑的鲜昆被回部首领抓起来斩首示众。

从此之后,蒙古偌大的土地,再也没有克烈部的存在。

8. 不堪一击的乃蛮部

话说乃蛮部首领太阳汗看到汪罕脱里的头颅，因以汪罕脱里比他年长，便拿出新鲜的马奶祭拜他。就在这时，汪罕脱里的脑袋突然动了一下，露出一个似笑非笑的表情。这可把太阳汗吓得不轻，险些摔在地上。太阳汗的妻子古儿八速看到了，便讥讽他胆小，竟然害怕死者的头颅。

古儿八速走上前去，把汪罕脱里的头颅狠狠地扔在地上。接着，她对震惊不已的太阳汗说道："别说是死了的汪罕脱里，就算是那灭了克烈部的铁木真，我们也要尽快斩草除根！"听了妻子的话，太阳汗似乎也添了很多勇气，他对妻子说："天上只有一个太阳，地上也只能有一个主子！爱妻等着，我这就去把铁木真灭了！"古儿八速鼓动说："铁木真的妻妾都是美人，等你灭了他，就让这些女人当我的侍女。"

太阳汗召来部下卓忽难，让他前去联络汪古部，以便左右夹击铁木真。就在卓忽难打算出发的时候，忽然有一个人冲了进来，高声疾呼："可汗，此事万万不可啊！铁木真刚刚灭了克烈部，全军士气大涨，我们是打不过他们的！"

太阳汗定睛一看，发现来人是群臣之首可克薛兀撒卜剌黑。太阳汗并未理会他的话，执意让卓忽难尽快前往汪古部。

汪古部位于蒙古的东南部,靠近长城,毗(pí)邻金国,世代作为金国的臣属,拱卫边疆。乃蛮部的使臣来到后,汪古部首领阿剌兀思以蒙古路近,乃蛮部路远,竟直接把使臣卓忽难送给铁木真,还附赠了不少的美酒。

铁木真收到俘虏和美酒非常高兴,也回赠了不少的礼物给阿剌兀思,并且有意与他结盟。送别汪古部的使臣之后,铁木真召集部下商议,许多将领惧怕乃蛮强大,不愿开战。铁木真的两个弟弟帖木格和别勒古台却说:"我们的战马此时正值肥壮,正是天时。乃蛮自封为大部,妄想消灭我们却还没动手,我们趁他不备,出兵攻击,岂不容易?"铁木真好像吃了定心丸,开始联合汪古部,整顿军队,在秋天进攻乃蛮部。

两军对阵之时,铁木真的前锋队伍里有一个哨兵因为马匹受惊,误闯入乃蛮部军阵里。乃蛮部士兵捉住这一兵一马,献给太阳汗。太阳汗看到这匹马十分瘦弱,以为蒙古马都这么瘦小不堪,便打算佯装退兵,引对方追击,耗尽马力,然后埋伏偷袭。

但是部将火力速八赤和儿子屈出律一前一后地嘲讽他没胆识,说他畏首畏尾,还不如他的妻子古儿八速勇猛。太阳汗听了这些话,心里十分生气,立即指挥士兵攻打铁木真。

可铁木真的军队训练有素,前排骑兵气势汹汹,后排弓箭手百发百中,把乃蛮部士兵打得抱头鼠窜。此时,乃蛮部军队中有一人高声呼喊道:"可汗快跑!铁木真的弓箭部队精锐,难以匹敌!"这人正是销声匿迹多时的札木合。

原来,汪罕脱里死后,札木合又转身投靠太阳汗。札木合深知铁木真十分厉害,一看到乃蛮部士兵稍有弱势,便急忙催促太阳汗逃跑。太阳汗眼见局势有变,马上带着部下向西逃去。

太阳汗一路逃窜,跑到纳忽山才敢歇息。他看到铁木真营帐火

8. 不堪一击的乃蛮部

光明亮,不敢让士兵好好休息,铁木真全营却养精蓄锐,睡了个好觉。第二天早上,他登上山顶,看到敌军杀气腾腾,一下子被吓破了胆。

太阳汗问札木合:"那前面的四员大将是谁?"札木合答道"那是哲别等四将,称作'四猛犬',是最勇猛的前锋。"太阳汗又问:"那后面的大将又是谁?"札木合说:"那是兀鲁,冲锋陷阵,万夫莫敌。"太阳汗指着军中最为威风的那个人问:"那主帅莫非就是铁木真?"札木合见到仇人,按下恨意:"不是铁木真还能是谁?"

札木合没有跟着上山,他认为太阳汗之前张狂自大,但一经交战却毫无战斗意志,早晚会被铁木真除掉。札木合不仅带着部下下山,还让人给铁木真通风报信,说太阳汗这个人十分窝囊,上山便可将他一网打尽。

铁木真收到消息,重赏了信使,打算马上出兵追击。这时,木华黎拦住了铁木真,他认为进攻的最佳时机是夜晚,此时只需要守

住下山的出口即可,铁木真便在山下齐兵列阵。

乃蛮部大将火力速八赤率兵冒死突围,几次都被铁木真的军队打了回去。他质问太阳汗,为何不去阵前鼓舞军心?而太阳汗躲在山顶,既不敢下山督战,又不下令固守山顶。火力速八赤没有办法,只好守在山上。

等到夕阳西下,铁木真带着军队上山偷袭,乃蛮部军心已散,火力速八赤带着几名勇士,作困兽之斗,气力耗尽,战死当场。铁木真惋惜感叹道:"要是乃蛮部都是这样的勇士,我们怎么能够取胜呢?可惜了他一身勇力,不能为我效力。"

剩下的乃蛮兵卒想顺着山路逃跑,不料前方却是悬崖,不少人坠崖而死。太阳汗则瑟缩在营帐中,不敢动弹。铁木真的部将轻而易举地生擒了太阳汗等人,其余乃蛮士卒纷纷投降,然后把愿意归顺的乃蛮部部众纳入自己麾下。

其他的塔塔儿、朵儿班等残部也一并归降,唯独太阳汗的儿子屈出律和蔑里吉部的首领脱黑脱阿趁乱逃走。

铁木真见太阳汗如此胆小无用,便将他斩首示众。太阳汗的遗孀古儿速八却刚烈得多,对铁木真骂道:"你灭我部落,杀我夫君,擒获了我,我只想一死,何必多问!"就要撞地而死,铁木真欣赏她的气节,将她拉住,与她成了婚,以便笼络乃蛮部。

铁木真追击脱黑脱阿与屈出律两拨人马,一直追到了阿尔泰山,在当地向导的带领下,将他们拦截在也儿的石河畔。两人抵抗不到半天,又被击溃,脱黑脱阿被铁木真的神箭手当场射杀,屈出律带着脱黑脱阿的四儿子,以及最后一些蔑里吉与乃蛮的残部,南下投奔西辽去了。

就在铁木真准备凯旋的时候,忽然听到侍从来报,有人捉住札木合,将他带到了营地。

9. 成吉思汗进攻中原

那个人自称是札木合的随从,说要把札木合献给铁木真。没想到铁木真不喜反怒,直接让人把他拖出去,当着札木合的面杀了。

铁木真让弟弟合撒儿告诉札木合,如果他把太阳汗的情报告知自己,自己愿意与他和解。他让合撒儿带话说:"札木合,我们交情已久,我先前也受过你的恩惠,不敢忘记,你为何要离我而去呢?现在我们又见面了,我向来不计较仇怨,只记得恩情,你还可以做我的伙伴。"可札木合因为过往做出的种种卑劣行为,已经无颜再面对铁木真,一心求死。他说:"我以前与铁木真相交,情深义重,却被人离间,彼此猜疑。我羞愧再与他相见,他已经收服蒙古各部,要登上大汗的宝座了。他弱小时我没有做他的伙伴,如今成了大汗,还要我这伙伴做什么?与其留我在身边,让他芒刺在背,心有不安,不如让我一死了之。"铁木真只好答应让札木合自尽,为他妥善处理了身后事。

铁木真回到了斡难河,与母亲、妻儿欢聚。宋宁宗开禧三年(1207年)冬月,铁木真与各部族在斡难河相会,蒙古各部首领都推举他作为大汗。合撒儿更是说:"我听说中原有皇帝,兄长也自称皇帝好了!"众人齐声拥戴他为大汗,高喊皇帝万岁。过了几日,铁木真选了个良辰吉日即位,他当年收养的阔阔出,已成为蒙古最尊崇的巫师。他建议道:"皇帝不能没有尊号,大汗就以'成吉思'为名号吧!""成"是蒙古语里大的意思,"吉思"是最大,合起来就是伟大无上的汗王。铁木真自称成吉思汗,在杭爱山下建都,取名叫喀拉和林。跟着成吉思汗打仗的功臣们,都一个个论功受赏。

封赏完毕之后,成吉思汗设宴款待群臣,他给兄弟都封了王公,木华黎足智多谋,出过许多好点子,又为他出生入死,被封为首功,次功则给了少年时就相交莫逆的博尔术,其余大将各有封赏。这一年就是元太祖元年,蒙古人也使用生肖纪年,这一年就称作虎儿年。觥筹交错之间,成吉思汗问木华黎接下来该如何规划战略,木华黎建议成吉思汗扩大领土,首先从西夏国开始,再攻打金国,最后消灭大宋,逐步铲除华夏大地上所有的竞争对手。成吉思汗听了非常高兴,当即决定先进攻西夏国。

9. 成吉思汗进攻中原

西夏人是朔方党项族后裔。朔方在如今的内蒙古河套平原一带,唐朝"安史之乱"时,平定叛乱的精兵多是此地所出。唐朝末年黄巢作乱,始祖拓跋思恭因为平定乱匪有功,被李唐赐以国姓,赐封此地,那时称作夏州,封地和蒙古南部接壤。等到了辽宋僵持时期,夏州趁机扩张,夺取的领土越来越大,掌权者李元昊自称手握五十万雄兵,干脆称帝,建立西夏王国。由此,西夏和大辽、宋朝形成三足鼎立的局势。

后来金国崛起,西夏因为奸臣专权,爆发内乱,得到金国出手相助后逐渐成为金国的附属国。于是,气数将尽的西夏国就成了成吉思汗进攻中原的首要目标。成吉思汗修建了宫室和堡寨,拟定了官职,一年之后,率领大军南下攻取西夏。

然而这一仗一开始就不太顺利,成吉思汗让族人豁尔赤前去联络吐麻部,可豁尔赤见到吐麻部的首领刚刚去世,寡居的临时女首领容貌姣好,就动了娶她的心思。吐麻部知道豁尔赤好色,断然拒绝。豁尔赤恼羞成怒,添油加醋上报给成吉思汗,成吉思汗让博尔忽征讨吐麻部,不料吐麻部夜间发动突袭,将博尔忽杀死在乱军之中。

成吉思汗愤怒不已,趁着吐麻部庆贺突袭胜利的宴会,一举拿下吐麻部,将吐麻部的酋长尽数擒获。

收服了吐麻部后,成吉思汗打进西夏,连续攻下了数个边境城市,又有两个与乃蛮部有仇的部落前来归附。成吉思汗威震回疆,连大部畏兀儿亦都护也纳贡称臣,愿意当蒙古的附属国。成吉思汗很高兴,就将女儿阿勒敦许配给亦都护。

解决了后患,成吉思汗可以放心地攻击西夏。

西夏国主李安全收到蒙古进犯的消息之后,连忙派长子为元帅,高令公为副手,镇守乌梁海城。但是蒙古兵来势汹汹,不久就攻破城门,生擒了高令公等数位守将,李安全的儿子趁夜逃走。成吉思汗大军如入无人之境，一路打到西夏国都宁夏府。眼见蒙古军兵临城下，李安全一面命人死守都城，一面让人快马加鞭到金国求助。

成吉思汗看到西夏都城久攻不下，便让士兵挖开护城河，引水倒灌。没想到河堤塌了，河水没流入城中，却把城外给淹了，宁夏府周围顿时成了水乡泽国。蒙古兵马无法在泥泞中扎营，成吉思汗只能暂时撤兵，离开之前派使臣招降李安全。

李安全久久等不到金国的援兵，只能归降成吉思汗，还忍痛把自己的女儿献给成吉思汗。等成吉思汗完全撤兵之后，李安全见金国迟迟不出兵，就迁怒于它，起了报复金国的想法，于是派兵进攻金国。可惜西夏兵出师不利，惨败而归。李安全仍不甘心，不停地煽动成吉思汗攻打金国。

西夏主献女乞和

这时，金国新帝继位，派使臣来到成吉思汗处通告。成吉思汗

9. 成吉思汗进攻中原

得知新帝是性格懦弱的卫绍王完颜永济之后，当即嘲讽他："我以为中原的皇帝，都是真命天子。像完颜永济这样的庸才，也配当皇帝？"使臣心里十分不快，他大言不惭地说成吉思汗曾经依附于金国，要求其下跪接旨。

这下可踩中了成吉思汗的雷区。原本金熙宗完颜亶在位时，金人杀害了俺巴孩汗，蒙古人一直想着要报仇。完颜永济就是完颜亶的侄子，本来也没有什么威望，成吉思汗过去纳贡时，曾见过他一面，对这个没什么能力的皇子心存蔑视。现在成吉思汗实力强盛了，更不可能对一个自己瞧不起的人俯首称臣。成吉思汗痛骂使臣一顿，毫不客气地把他赶走了。

没过多久，成吉思汗趁着秋高马肥，出兵进攻金国。成吉思汗的长子术赤、次子察合台和三子窝阔台，统兵数万，浩浩荡荡地直奔边境重镇乌沙堡而来。神箭手哲别率领着蒙古大军的前锋，听到金国人前来迎战，打了他们个措手不及，攻陷了乌沙堡。

成吉思汗听闻前锋打了胜仗，与前锋合兵一处，直接攻打金国西京。西京守将胡沙虎硬撑了七天，眼见没有希望，率军突围东逃，被蒙古追兵大肆杀伤了一阵，伤亡无数，仓皇遁走。

成吉思汗拿下了西京与抚州，派出他的三个儿子，将金国的西北各州陆续攻占。

完颜永济听说胡沙虎也败了，连忙让招讨使完颜纠坚带着四十万大军，屯军野狐岭，想依托这处天险抵抗蒙古军。

野狐岭是西北雄关，两旁山川高峻，易守难攻。依托关隘防守，金军就是一夫当关、万夫莫开。但完颜纠坚仗着四十万大军远超蒙古，竟想与成吉思汗决战。

完颜纠坚的部下石抹明安劝谏道："主帅万万不可！蒙古士气高昂，锐不可当，眼下应该屯兵固守，不要与他开战！"

完颜纠坚却说:"我奉命退敌,为什么不与他们作战?"

石抹明安见主帅执意要战,只好建议:"既然要开战,不如攻其不备,他在抚州立足未稳,正可速攻……"

完颜纠坚轻蔑地说:"我有骑兵二十万,步兵二十万,为何不以决战堂堂正正击败他,难道还要等他下次再来袭扰金国吗?你口才如此好,不如去问问蒙古人,为何要侵犯大金疆界?"说完打发石抹明安去当责问蒙古的使臣。

石抹明安知晓此去凶多吉少,进入蒙古军中,直接求见成吉思汗,说愿意归降,将金军的虚实事无巨细地告诉了成吉思汗。

成吉思汗大喜,忙率领蒙古精锐杀到完颜纠坚军前。完颜纠坚还在傻乎乎地等着石抹明安带来回信,不料蒙古军这等神速,顷刻间就杀到了眼前。正好是日落西山,天昏地暗,金军连自己的人马都分不清,只能乱打一气,死在友军之手和被乱军践踏而死的不计其数,蒙古人杀到天明,野狐岭尸横遍野,剩下的金兵都逃得不见人影了。

野狐岭一场酣战大胜,大大振奋了军心。成吉思汗乘胜追击,前锋哲别一路杀到了居庸关下。居庸关易守难攻,哲别猛攻无果,收兵退去。居庸关守将见蒙古人也不过如此,纠集守军前去追击,中了哲别早就安排好的伏兵之计,大败而归。等败军回到关前,只见关城上已插上了蒙古的旗帜,剩下的金军不是投降就只能逃命去了。

居庸关是金国中都的门户,中都已无险可守。完颜永济吓得要向汴梁迁都,幸亏皇都卫士拼死抵抗了一日一夜,才将蒙古的攻势抵住。成吉思汗返回居庸关,蒙古与金的大战打了三年,将士与战马都已疲惫不堪,成吉思汗便带着三个儿子回到蒙古,养精蓄锐去了。

9. 成吉思汗进攻中原

成吉思汗前脚刚走，金国就发生了内乱。金国东北的辽东地区，原来辽国投降的将军耶律留哥突然叛变，自称元帅，派出使臣，愿意归驸蒙古。到了夏天，更是听闻金主完颜永济被大臣毒死的消息。

杀害完颜永济的，正是在西京抵抗成吉思汗七天七夜的胡沙虎。胡沙虎战败之后，完颜永济就将他革职，胡沙虎因此怀恨在心。可金国已经无人可用了，只得又将胡沙虎召回。胡沙虎整日打猎，也不率军与蒙古作战，完颜永济派人去责问，胡沙虎一不做二不休，干脆率军闯入禁宫，毒杀了完颜永济，升王完颜珣（xún）继位。

成吉思汗得知金国内讧，兵分三路，浩浩荡荡杀奔中都而来。

金国的另一位副元帅术虎高琪与蒙古作战失利，退守中都。胡沙虎见他敌不过蒙古军，只能亲自率军作战，因为脚伤骑不了马，就驾驶战车督战。胡沙虎严厉狠辣，在他的督促下，金军奋勇搏杀，竟然将成吉思汗逼退了十里。

第二天，胡沙虎还想继续作战，他督促术虎高琪前来支援，术虎高琪军迟迟不到，胡沙虎就动了杀心，写了一份假皇帝诏书诛杀术虎高琪。术虎高琪先下手为强，率军围住了胡沙虎的府邸，胡沙虎还想翻墙逃走，术虎高琪率军杀入，将他乱刀砍杀，胡沙虎的军队都被皇帝夺走，交给了术虎高琪。术虎高琪死守中都一座孤城，成吉思汗却优哉游哉，分兵往金国东南去，一路攻破了九十多个郡，河南河北与山洞，到处是蒙古军队残杀掠夺过后的死者和废墟。

一些将领跃跃欲试，劝说成吉思汗进攻中都。成吉思汗却知道，蒙古军野战难逢敌手，唯独不擅长进攻坚城，他派出使者，对完颜珣说："你金国山东河北诸郡，已经在我手中，你只有中都一座孤城，难道我不能踏平城池？我只是不想继续凌虐你罢了！只要你愿意拿出金箔犒赏我的军队，我就放你一马。"

眼看着西北诸州、居庸关以及辽东多郡都被蒙古兵攻陷，完颜

珣也只得拿出买命钱。成吉思汗又说："金银财物我军已经够用了，你再嫁个金国公主过来！"完颜珣急忙把完颜永济的女儿打扮成公主送给成吉思汗，又用一千名童男童女与三千匹骏马作为陪嫁。成吉思汗得了这金国公主，也是格外宠爱她，不久便撤兵回国。

完颜珣担心蒙古兵再度进犯，打算把国都迁往南方，远离蒙古。此举遭到了朝中大臣的反对，他们认为成吉思汗一定会起疑心。但是完颜珣一意孤行，他命左丞相穆延尽忠、太子守忠镇守中都，自己则带着后宫妃嫔迁到汴京。

成吉思汗知道后，果然勃然大怒。他认为完颜珣并不是真心臣服，南迁是为日后的反叛养精蓄锐。正好金国将领卓多前来归降，成吉思汗让他当向导，带领蒙古兵围攻中都。

中都有金兵坚守，一时间无法攻克。这时，史天倪兄弟站了出来。原来，金军为了抵抗蒙古，强制征发河北的豪族地主加入金军，又因为他们不是女真人处处遭歧视。等蒙古大军一来，许多豪强就加入了蒙古军。史家兄弟智勇双全，又熟悉金国内部的状况，成了木华黎的心腹爱将。史天倪对木华黎说："金国不去防守河北幽燕重地，迁都无险可守的汴梁，实在是失策！辽河左右，是金国的咽喉重地，我们不如夺取北京，将辽东辽西纳入囊中，让中都空虚孤立，自然就唾手可得了！"

木华黎连连称好，率军去辽西攻击金国北京。金国守将银青率领二十万金军守卫营垒，敌不过蒙古军，逃进了北京城中。银青和城中守将起了内讧，被守将所杀，将整个北京城献给了蒙古。北京陷落，辽西诸郡纷纷望风而降。

拿下了辽地，成吉思汗和木华黎兵分两路，绕道攻打周围的城池。金主完颜珣听闻中都告急，连忙派出援兵。可是援兵在半道上跟蒙古兵相遇，主将李英因宿醉未醒，被蒙古兵轻而易举地杀了。

9. 成吉思汗进攻中原

主帅一失,这群援兵也不攻自破。

中都陷入孤立无援之中,很快便沦陷了,蒙古大军烧毁了金国的宫室,将宝库中的财物抢掠一空。金朝历代皇帝的牌位,全被蒙古人扔进了垃圾堆,只剩一个小朝廷在汴梁苟延残喘。成吉思汗得到中都告捷的消息,高兴地安排木华黎治理燕云,并封他做国王。两人一南一北,逐步攻克金国各个州,战前投降的石抹明安等金国降将也格外卖力,帮助成吉思汗攻城略地,劝降了武仙、张柔等重将。

而就在成吉思汗摧枯拉朽,横扫金国时,蛰(zhé)伏已久的西辽,突然发生了翻天覆地的变化。

10. 诡计多端的屈出律

西辽的前身是大辽，又名契丹。先前大辽被金国所灭，残余的势力跟着皇族耶律大石跑到西边的回疆，又跟几个回纥（hé）部落合并，最后组成了西辽，也称黑契丹。耶律大石与继任的西辽皇帝，一直希望恢复大辽，却未能如愿，但也成了控制天山南北的大国。

西辽王位传到直鲁古这一代时，东部很多部落都归降蒙古，西辽的势力越来越弱。直鲁古一直想恢复西辽的领土，奈何实力不足，一直不敢轻举妄动。这时，乃蛮部被灭，太阳汗的儿子屈出律逃到西辽，自称可以帮助直鲁古收回东部失地。

屈出律能说会道，把直鲁古哄骗得团团转。直鲁古不仅把小女儿嫁给他，还纵容他壮大势力。屈出律权力日盛，起了西征的心思。他认为蒙古兵正一心一意攻打金国，无暇他顾，正好趁此良机召集乃蛮部的旧部，壮大自身的实力。直鲁古不疑有他，放任屈出律东行。

等屈出律到了东边，召集了不少乃蛮部的旧部。他在半路上碰到了花剌子模国的使臣，恰巧对方想与他结盟。屈出律十分高兴，邀请花剌子模一起进攻西辽。双方约定，分路从东、西两方夹击。战胜之后，东部归属屈出律，西部归属花剌子模。

花剌子模怎么会突然与屈出律通好呢？原来，花剌子模曾经被西辽打败，每年都要向西辽进贡。眼见西辽实力越来越弱，新国王

10. 诡计多端的屈出律

穆罕默德不愿再进贡。正好屈出律有心谋反,穆罕默德便派出使臣,和屈出律密谋攻打西辽一事。

屈出律和穆罕默德率兵左右夹击西辽,很快便生擒了直鲁古。面对直鲁古的质问,屈出律大言不惭地说是因为部众不满直鲁古的统治,这才发起兵变。直鲁古年事已高,只能恳请屈出律安抚部众,留自己一条性命。

屈出律不仅一一照做,还把直鲁古奉为国王。只不过,直鲁古只是个挂名的国王,手中一点实权都没有,屈出律大权独揽。到了第二年,直鲁古便在忧愤交加中死去了。直鲁古一死,屈出律便顺理成章地继位了。

屈出律当上国王之后,娶了一个信奉佛教的美人当妃子。屈出律对这位妃子言听计从,不仅强迫百姓们信奉佛教,还对反抗的人滥用刑罚。除此之外,屈出律还加重了百姓的税负。民间对此叫苦不迭,对屈出律更是恨得牙痒痒。

成吉思汗收到消息之后,马上派哲别出兵攻打西辽。哲别到了西辽,先是对当地百姓承诺可以自由信仰各种宗教,又答应取消所有过分的税收政策。西辽百姓很欢迎蒙古兵,许多人出来列队欢迎。

屈出律自知无力抵抗蒙古兵,连仗也不打了,直接收拾行李逃跑了。哲别长驱直入,追着屈出律到了巴达克山,一刀把他杀了。自此之后,西辽国成了蒙古的地盘。

西辽虽然灭国了,摆在成吉思汗面前的是如何与花剌子模相处的问题。

眼下花剌子模已是中亚第一大国,而蒙古军中也有不少与花剌子模有血缘的色目人,成吉思汗不想与花剌子模交好,同时也不想两面树敌,便派了商队前去通商。

蒙古商队到了讹(é)答剌城,五百人的商队却被花剌子模劫杀,

五百头骆驼上的金银财宝全被夺去，仅有一人逃回蒙古。

成吉思汗按捺火气，又派出三位使者前去责问，花剌子模干脆杀了使团首领，将两人割掉胡须头发，以此羞辱。

这下可好，成吉思汗彻底被激怒，亲自带兵讨伐花剌子模。也遂皇后说，不如让四个儿子去。成吉思汗却说，此灭国之战，不在军中，总难放心。皇后含泪问道："若是有不测，将来四子谁来继承大统？"

成吉思汗说："我之前还从未曾想过。"于是召来四个儿子，先问术赤："你是我的长子，将来是否愿意继承蒙古大统？"

术赤还未回答，察合台就跳出来，大声说："父亲为什么要问他，难道是让他当大汗？我母亲当年被蔑里人掳去，后来才有了术赤，怎么能让一个来历不明的人来管辖我们兄弟？"

术赤一听气血上涌："父亲都不曾说过，你怎敢这样说？你不过性子强硬，除此之外又有什么了不起？我今天和你比试，要是输了，就此自尽！"他一跃而起，上前揪住察合台的衣领。察合台也扯过他的袍领，两人一言不合，就要扭打起来。

成吉思汗呵斥察合台："察合台，你还没出生时，蒙古人互相攻打，你贤明的母亲不幸被敌人掳走。术赤是我的长子，你这样说，可对得起母亲的恩情？下次莫要再说了。"

术赤说："我只愿与父亲一同征战，当大汗这事，让其他兄弟来就是。"察合台也愧笑："谁不知道你术赤的本领，我也不争汗位了，三弟窝阔台敦厚朴实，父亲意下如何？"

窝阔台忙推辞道："父兄恩赐，但我天性愚钝，只怕不能当大任。"竟是要将汗位让给拖雷。拖雷却说："我只知道饿了就要吃饭，累了就要睡觉，有了战争就要去打仗，没有其他的志向。"

眼下四个儿子达成共识，成吉思汗便召来最亲近的兄弟与侄

10. 诡计多端的屈出律

子,说:"捆在一起的箭杆折不断,今日与你们说清楚,将来窝阔台接替汗位,术赤、察合台、拖雷将来各自都有封地,各自守卫一方。要是将来窝阔台的子孙没有才能,他这三个兄弟的后代里,总也能挑出好的来继承汗位!我孛儿斤家当同心协力,将花剌子模灭了。"

成吉思汗定下了大汗的继任之人,避免了下一代将蒙古分裂的结局,却也从此埋下了将来纷争的祸根。但眼下父子兄弟团结一心,当下给花剌子模下了战书:"你要战,便来战!"

立窝阔台为太子一事尘埃落定之后,成吉思汗便派人到西夏,要求西夏国出兵协助,没想到西夏国并不肯援助。成吉思汗勃然大怒,决定征服花剌子模之后再除掉西夏。

就在成吉思汗打算出兵的时候,天上忽然下起了鹅毛大雪。时值盛夏,雪却足足下了有三尺深,可真是一桩怪事!成吉思汗郁闷地看着脚下厚厚的雪,认为这是不祥之兆,暗示着老天爷要阻拦他们前进。

忽然间,旁边有一个人走了出来,他伸手接着飘雪,兴奋地说道:"天助我也,此乃天助我也!"

# 11. 攻占花剌子模

说话的人,名叫耶律楚材。他曾经是辽国的皇族,后又到金国当了员外郎。金国灭亡后,成吉思汗将他收入麾下,任命为掾(yuàn)属。此人学富五车,上知天文、下知地理,还十分擅长占卜,因为胡须浓密修长,蒙古叫他"长胡须人"。成吉思汗有什么难以抉择的事情,往往会找他询问意见。

此时,耶律楚材看着漫天飞雪,对成吉思汗说道:"夏天本应是生机盎然的时节,却下起了雪,到处都是肃杀之气,这说明我们讨伐花剌子模是顺应天命啊!"

成吉思汗听了,悬着的一颗心放了下来,高兴地率兵出征花剌子模。到了当年追击屈出律时饮马的也儿的石河畔,畏兀儿、阿力麻里等部落都派遣使者,愿意跟随成吉思汗征讨,成吉思汗就在河边屯驻休养。不久,蒙古兵锋直指花剌子模都城讹答剌。

讹答剌城有数万守军,城防一应俱全,成吉思汗花了好几个月,都没有将城池攻下。眼看破城之际,花剌子模大将哈拉札率领援军赶到,他冲进城去,与守军一同固守。

眼看城池难以攻克,成吉思汗又拿出了在金国屡试不爽的老战法,他将军队分为四部,让察合台、窝阔台继续围攻讹答剌城,让长子术赤向西打,老将阿剌黑向东打,他则带着四儿子拖雷,率领

11. 攻占花剌子模

主力奔着布哈尔城去了。

察合台和窝阔台围城数月，城中粮食断绝，哈拉札趁夜率军突围，被察合台生擒斩杀。又过了一个月，讹答剌守军饿死过半，察合台和窝阔台攻入大门，捉住了城主，将熔化的银子灌入口中，为无辜而死的蒙古商队报仇雪恨。

而另外的三路，果然接连打了无数场胜仗。成吉思汗一路西进，逼得穆罕默德退入中亚名城撒马耳干，当他听闻四处都是蒙古军，不顾城内还有四万守军，弃城而逃。

城中守军又中了成吉思汗的伏兵之计，出城攻打蒙古军，被一网打尽，守军只得投降。成吉思汗获得了三万名蒙古稀缺的工匠，又得到了三万壮丁补充军士。他令哲别与速不台继续追击穆罕默德，穆罕默德的儿子札兰丁勇武善战，愿意召集部民抵抗成吉思汗，穆罕默德不允许，又建议任命自己当主帅和蒙古打一场，穆罕默德还

破敌寨 遣将衣

是不听,他一心向西逃跑,渡过了阿姆河,到了伊拉克境内。

哲别与速不台制作木筏渡河,穷追不舍。花剌子模穆罕默德的旧仇也纷纷加入了追击,穆罕默德最终染病死在一座小岛上,临死前立了札兰丁为王。可此时花剌子模军队已溃散,只有三百骑兵跟着他逃向印度。穆罕默德的家属被蒙古擒获,他的一个女儿许给了察合台为妻。

在乌尔鞬赤攻城的术赤与察合台,却远没有哲别与速不台团结一心。术赤轻功冒进,让三千蒙古军伐木为桥,攻入城内。不料城内守军却早有准备,他们推倒木桥,将困在城中的蒙古军围杀。

察合台看得两眼冒火,当下就要顺风纵火烧城,术赤却想拿下完整的城市,兄弟两人争端不止,又围了好几个月,也没攻下城池。成吉思汗听说后,只得派窝阔台前来调停。窝阔台尽力弥合兄长的分歧,在上方的河流筑坝,引来河水灌城。乌尔鞬赤城一片混乱,蒙古军终于找到破绽,攻陷城池。术赤留在城中防备,察合台与窝阔台带着军队,与成吉思汗会师去了。

另一边,成吉思汗与拖雷沿着阿姆河,一路攻下了呼罗珊地区的许多城市,拖雷更是打到了海边才率师返回。父子四人于天气转凉时会合,掠夺到的财物不计其数。此时,南方有消息传来:穆罕默德的长子札兰丁不只逃出生天,更是在哥疾宁收拢了花剌子模的残部,与城主蔑力克汗联合,声势隆重。他的弟弟屋克丁也拉起了上千人的军队,一旦让他们合并一处,又是蒙古的劲敌。

成吉思汗分兵两路,一路迅速击溃了屋克丁军,将他堵在城堡中,围困杀死。而另一路,成吉思汗则交给了养子失吉忽秃忽。

失吉忽秃忽率领前锋与札兰丁接战,没想到札兰丁这一年来竟纠集了六七万能战的士卒,加上蔑力克汗的援军,竟敢于和蒙古军野战。两军在喀布尔会战,打了一天一夜,战无不胜的蒙古军居然

11. 攻占花剌子模

没有讨到便宜。第二天，失吉忽秃忽认为蒙古军寡不敌众，就让士兵将毡毯捆扎成人形，穿上衣服，让这些假人扮得像蒙古的援军一样，希望能吓退札兰丁。

札兰丁的士兵见蒙古军的"后援"来了，果然不敢冒进，但札兰丁却是个勇敢凶悍的家伙，他挥着剑喊道："我们人多势众，何必害怕蒙古人！"说完将军队分成三路，左右分别由蔑力克汗和阿格拉克统帅包抄，而他亲自率领中军，不要命地往蒙古军队突击。

失吉忽秃忽的计策失败了，只得让蒙古军迎战。札兰丁的军队复仇心切，悍勇难挡，蒙古军冲阵失败，失吉忽秃忽只好举起帅旗，杀出一条血路。没能随他突破的蒙古军都被札兰丁的联军杀死，军械和战马统统被抢走，蒙古军的西征，首次遭遇了惨败。

此时成吉思汗正在围攻八米俺城，察合台的长子莫图根骁勇果决，骑马射箭都是好手，却在攻城时中了冷箭，当场殒命。成吉思汗看到爱孙身亡，与察合台一同悲恸泪流。

一波未平，一波又起，失吉忽秃忽失地丧师的消息传来，更让成吉思汗怒火中烧，他亲自督军，察合台也像疯了一样攻上城墙。城破之后，蒙古军将城中男女老少一律处死，连牲畜也杀得鸡犬不留，又推倒了城墙，彻底地毁灭了这座城市。

对失吉忽秃忽一番责备后，成吉思汗点起兵马，带着干粮，一路向札兰丁奔袭而去。兵贵神速，蒙古军用比往常快了一倍的速度，很快就到了哥疾宁城下，却听说札兰丁又往印度方向南去了。

明明是打了胜仗，为什么札兰丁反而要往后撤退呢？

原来失吉忽秃忽兵败后，留下了大批良马，其中有一匹宝骏，同时被蔑力克汗和阿格拉克看中。两人因此而争吵起来，蔑力克汗性子粗暴，挥起马鞭，将阿格拉克脸面打伤。阿格拉克愤怒难平，干脆率领部众离去。札兰丁知道成吉思汗一定不肯善罢甘休，没了阿格拉克，无法与蒙古主力抗衡，只能率军南撤，蔑力克汗也跟他一起走了。

没想到成吉思汗来得如此之快，札兰丁还没来得及渡过印度河，蒙古人的大军已杀到。札兰丁只好沿河列阵，背水一战。

成吉思汗的前锋挥舞着大刀阔斧，径直杀入札兰丁军中。失吉忽秃忽看到蔑力克汗骑着宝骏，分外眼红，猛攻他所在的右翼。蔑力克汗退无可退，被蒙古骑士刺于马下，被马蹄践踏而死。

札兰丁左右两翼尽失，进退不得，大军顷刻瓦解。成吉思汗命令蒙古军抓他活口，札兰丁才没有被神箭手射成铁刺猬。他与数百骑兵突围，却听到一声怒喝："你往哪里逃？"

札兰丁回头一看，失吉忽秃忽已率军挺枪而来，他连忙掉转马头，狠抽坐骑一鞭子，连人带马跳进印度河中。他绝处逢生，逃出了蒙古弓箭的射程而去，就是成吉思汗，也不禁赞叹："真是一条好汉！切不可让他漏网，再成为我们的祸患。"

蒙古军扎起木筏，顺着印度河搜捕札兰丁，不光收降了哥疾宁城，还将印度河岸的大小部落杀戮一空，唯独札兰丁不知去向。

成吉思汗见没有札兰丁的踪迹，闷闷不乐："此人不除，我心不安。为了一劳永逸，追击了他好几年，现在让他逃走了，功亏一篑，怎么能行？"

耶律楚材趁机建言："札兰丁孤身远遁，难以再掀起风浪了。蒙古大军征战西域，已经四五年了，应该班师回朝了。"

成吉思汗说："札兰丁这人，我来他就跑，我走他就来，该怎么办？"

耶律楚材拱手答道："大汗经营城市，在各处隘口屯兵，就是札兰丁死灰复燃，也无能为力了。"

11. 攻占花剌子模

成吉思汗思虑了好一会，才说："还是等哲别和速不台的消息来了再做打算吧。"

就在成吉思汗困扰于札兰丁的同时，哲别和速不台两路军马已是高歌猛进，一路凯歌。

成吉思汗为了防止钦察部从后方偷袭蒙古，将两位勇将派去远征钦察。两人率领大军翻越山地，遇到了钦察人的头目玉里吉。玉里吉声势浩大，蒙古军眼看就要被逼进绝路。

哲别和速不台商议过后，心生一计，让西域的降将曷（hé）思麦里对玉里吉说："我们都是突厥同族，何必互相残害呢？我们是听说钦察的大名，特地前来友好交谊的。"

玉里吉信以为真，退兵而去。速不台说："敌军信以为真，正在退却，沿途没有防备，我们去杀他个下马威！"

哲别说："真是妙计！"两人率领军队突袭，绕到钦察人背后，蒙古军如雷霆海啸一般扑去。玉里吉还以为是友军，毫无防备之下，被马刀劈死。

哲别二人担心前方草原还有大部落，向术赤请求援军，一同到达了里海。玉里吉的兄长霍脱思罕听说弟弟死于蒙古人之手，倾巢而出，前来复仇。

哲别让曷思麦里前去诱敌，只准败，不准胜。钦察骑兵瞬间杀到曷思麦里跟前，他们见西域军衣衫不整，兵器无光，纷纷掉以轻心，不把他们放在眼里。曷思麦里上前交战，两军不分胜负。霍脱思罕见久攻不下，让钦察人一拥而上。

曷思麦里见钦察人的大部队来了，忙往山路逃跑，一路将财物和盔甲扔下。钦察军沿途拾捡，队形越拉越长。哲别率领一小股蒙古骑兵，与钦察人战斗片刻，也打马退走。

钦察军追着蒙古人的尾巴，进入了大山深处的羊肠小道。霍脱思罕报仇心切，忽然听到蒙古军呐喊之声，箭如雨下。霍脱思罕正要退出山口，退路却被速不台死死堵住。鏖战之际，刚才还败象十足的哲别和曷思麦里抖擞精神，向钦察军背后袭来。

霍脱思罕遭到两面夹击，顾头不顾尾，拼死突围，才跑出深山。再回头看，十个士兵里已经折损了八九个。无奈之下，他只能退入阿罗思境内。

阿罗思的酋长密只思腊，娶了霍脱思罕的女儿，是钦察部的女婿。他在与同族内战时脱颖而出，对自己的军事天赋相当自信。听说老丈人惨败，他不屑地说："等到我出兵，很快就能将他们踏平。"

霍脱思罕提醒女婿："蒙古将军诡计多端，士兵又能征善战，我若不是跑得快，恐怕早就丢掉了性命。"

密只思腊安慰道："蒙古人孤军前来，我四周却都是盟友，立即能召集千军万马，小婿这就为丈人报仇！"

密只思腊派遣信使，召集了附近的阿罗思人，甚至联络了阿罗思人最强的攸利酋长，合兵一处，共计八万两千人。阿罗思趾高气扬地踏进了钦察领地，霍脱思罕也收拢残部，要与蒙古一决高下。

听说阿罗思与钦察的联军人数颇多，哲别与速不台也不免嘀咕，派了使者交涉和谈。霍脱思罕大声抗议："我和兄弟都中了他们的奸计，女婿你千万不可相信！"密只思腊将主使斩首，只让两个人回去通风报信。他率领一万多骑兵，渡过帖尼博耳河，直扑蒙古军而来。

恰好有一支蒙古的哨兵正在河边，来不及逃走。密只思腊逮住他们，没有留下一个活口。哲别听说后，命令全军后退。

密只思腊越来越飘，感觉蒙古军也没有什么了不起的，随即进逼，将蒙古军赶到喀勒吉河对岸。密只思腊与联军南北列阵，却因

11. 攻占花刺子模

为想独占功劳，率先带领北军渡河攻向蒙古，两军大战起来，不分上下。

速不台看到霍脱思罕的钦察骑兵也在侧翼，便挑选了勇士精锐，直奔霍脱思罕而去。钦察军才逢惨败，对蒙古人的好战和强悍记忆犹新，顿时崩溃。联军阵形大乱，密只思腊只得逃回对岸，人马淹死在河里的不计其数。

密只思腊后面的军队还来不及渡河，就遭到了蒙古人的半渡而击。联军的南军不知密只思腊已经失败，就被渡河而来的蒙古骑兵包围。哲别和速不台故意留下一个缺口，联军溃逃，却落入了更大的包围圈中，蒙古人一声呼哨，只见伏兵四起，阿罗思人的酋长六人战死，七十多个公侯不是战死就是被俘，士兵伤亡更是十之八九。

哲别和速不台将俘虏捆绑起来，在他们身上放上大木板，让将领坐在木板上吃喝宴饮。等到宴会结束，俘虏们都已压成了肉饼，还活着的则被拖去斩首。其他的酋长听说密只思腊的惨败，纷纷收兵回营，不敢与蒙古人交战。

哲别还想进军，却感染了重病，只得在当地休养。等成吉思汗的信使到来，哲别与速不台即刻返回。哲别终究没能逃过一劫，在回国途中病逝。蒙古的西征军团，由速不台带回，交给了术赤。

成吉思汗闻讯悲痛不已，他任命哲别的儿子生忽孙为千户，又让术赤镇守西北各地。术赤在萨莱设立牙帐，成了钦察以东最强的汗王。

回国之后，成吉思汗回想起跟西夏的矛盾，除了西夏不肯援助蒙古之外，还拒绝了送子为质的要求，并且收留大量汪罕脱里的旧部。新仇旧怨加在一起，成吉思汗又决定亲征西夏。

也遂皇后劝阻说："大汗已经将南方封给国王了，为什么还要圣驾亲征呢？"

成吉思汗说，征讨西夏本应是燕云国王木华黎的职责，但当时木华黎已经病死。木华黎死后，王位由他的儿子孛鲁继承。孛鲁因为经验尚浅，不足以威慑众人，山东州县纷纷起兵反叛，金朝降将武仙也杀掉了顶头上司——元帅史天倪，与宋将彭义斌联络，趁机发动兵变。孛鲁正忙着打压叛乱，对于出征西夏可谓是分身乏术。幸好史天倪的兄弟也是人中豪杰，击败了武仙。史家还在世的兄弟中，最能征善战的要数史天泽，他很快生擒了彭义斌，又赶走了武仙。

南宋宝庆二年（1226年）春，元宵刚刚过去，成吉思汗就迫不及待率军南下，征讨西夏。连也遂皇后都换上一身戎装，一同南征。行军途中，成吉思汗看到草木萌发，野兽奔行，不由得兴致勃发。他骑上一匹豪骏的红鬃烈马，就在军帐不远处游猎。

突然，一头大野猪从隐蔽处扑出，直奔成吉思汗而来。成吉思汗不慌不忙，拉弓搭箭，一箭将大野猪钉死在地。不料座驾却被野猪惊吓，四蹄乱踢，将成吉思汗甩在马下。

当晚成吉思汗就染上了寒热病，也遂皇后建议终止南征，成吉思汗却说："西夏听说我回去，肯定要怀疑是我害怕了，这怎么能行？我就在这里扎营养病，派使者前去责问他为什么不送人质，还收容逃走的蒙古人，看看他们有什么话可说。"

蒙古使者来到西夏国都，西夏皇帝李德旺是个庸才，被蒙古使者一番责问，浑身颤抖，说不出话。谁知身旁跳出一个将军，狂言道："都是我阿沙敢钵的主意，既然蒙古要兴兵来犯，我就领军去贺兰山，我们在那里一决雌雄！快快滚吧！"

成吉思汗听到回报后怒不可遏，命令大军全速前进，直逼贺兰山。贺兰山紧邻河套平原，是西夏国都的屏障，山上树木丰茂，远

11. 攻占花剌子模

看如同马群,"贺兰"就是西夏语中"骏马"的意思。大军到了山前,阿沙敢钵已经在山上扎营,严阵以待了。

阿沙敢钵见蒙古军远道而来,就率领前锋前来冲阵,蒙古弓弩齐下,将西夏军射退。阿沙敢钵歇息一阵后,再度来战,又被弓弩拒之营外。就在阿沙敢钵还想第三次挑衅时,蒙古军中号角大作,千军万马如同怒潮,向西夏军扑来!

阿沙敢钵已是士气衰竭,根本拦不住蒙古军,连滚带爬地往山上营寨跑去。蒙古军紧追不舍,阿沙敢钵眼瞅着折损了一大半士卒,只能带着亲信落荒而逃。

成吉思汗占据了贺兰山,分兵去攻打西夏的城市,很快攻占了黑水城等大城。又渡过黄河,将黄河沿岸的城府一一拔除。西夏节度使马肩龙向朝廷求援,却听闻李德旺忧惧交加,已经死了,现在皇位上的是个小孩儿,人心已散,大臣们带着财物逃亡,哪里还有援军。马肩龙悲愤交加,冲出城门,死在与蒙古军的血战中。

蒙古兵临夏都中兴府,西夏的小皇帝束手无策,只得开城投降,将皇家财宝献给成吉思汗。成吉思汗将西夏皇族一律处死,立国两百零一年的西夏就此亡国。

成吉思汗打算班师回国时,军中闹起了瘟疫。幸亏蒙古军队在城中抢掠时,耶律楚材将书籍、药材带走,沿途上救了不少蒙古士兵。成吉思汗也再度发病,情势十分危急。他叫来也遂皇后和诸位大臣:"我的病好不了啦,可惜儿子们都不在身边。术赤在西域病亡,我让察合台前去凭吊,尚未回来。窝阔台还在攻打金国,拖雷守卫都城,无法远走。眼下还有一件大事:西夏虽然灭了,金国残破,却还留下不少精兵强将,把守各个关隘。宋国和金国是世仇,我们借道宋国,必然能打金国一个措手不及。"

交代完遗言之后,成吉思汗便溘然长逝了,享年六十六岁,做

了二十二年的大汗。

成吉思汗戎马一生,歼灭、合并了四十多个国家和部落,统一了西北各部,可谓是中国帝王史上少有的"战神"。

成吉思汗驾崩后,蒙古召开了"库里尔台会",推选出了新一任的蒙古大汗、他的第三个儿子窝阔台继位,这在今后成了蒙古的惯例。根据耶律楚材的建议,窝阔台修正法律制度,完善国家治理体系,把蒙古管理得井井有条。正当窝阔台一心想攻打金国的时候,金国的使者自己找上门了。

金使带来了贵重的礼物给成吉思汗吊丧,但窝阔台并不领情,斥责几句便把金使打发走了。

金国新国主完颜守绪得知此事后,担心窝阔台出兵攻打自己,又急忙命人带上更丰厚的礼品去巴结窝阔台,但窝阔台还是把金主

11. 攻占花剌子模

的贺礼拒之门外。

窝阔台攻打金国之前，曾经询问耶律楚材的意见。耶律楚材认为，成吉思汗连年出征缴获的钱财都被立即分掉了，国库因此十分空虚。这次伐金，耶律楚材提议建立十路的征税点，设文人副使管理。至于行军的主帅，则交由骁勇善战的亲王拖雷担任。

拖雷率军进入陕西，连续攻下数十个城寨。金国名将完颜哈达放弃凤翔，死守潼关，拖雷亲自去督军，也没能攻下。金国投降蒙古的内奸建议绕过潼关，沿着汉江直奔汴梁。拖雷与窝阔台商议，窝阔台说："父亲留下的遗命就是这样，我们先向宋国借道。"

蒙古派出了使者，却被南宋的守将杀了。窝阔台命令拖雷率领三万骑兵，攻占了陕西到四川的四百多所南宋的营寨，兵锋直指金国陪都汴梁。

见蒙古来势汹汹，金国大臣纷纷进言：坚守城池，拖垮蒙古人的后勤，他们自然会退去。金国皇帝完颜守绪也没有更好的办法，只能派之前与蒙古交过手的完颜哈达和丰阿拉，驰援还没有陷落的邓州等城池。而前些时候因为木华黎之死起兵反叛，后被史天泽驱逐的武仙也率领残兵，与金军合兵一处。

完颜哈达性格谨慎，没有露出多少破绽，蒙古军与他们对阵过后，就自行退去。丰阿拉派兵去追，却被拖雷杀了个回马枪，幸亏手下死战才击退了蒙古军。金军以为蒙古军已经退却，放松了警惕，却在返回邓州的路上遭到截击，虽然主力逃过一劫，但补给辎重都被蒙古军抢走。

完颜哈达没想到，拖雷只是用来拖延他们的奇兵，窝阔台亮出另一个杀招，他让速不台绕开金军，直接来到汴梁城下。城中的官员百姓，听说蒙古军队到了，分外恐惧。完颜守绪只好发出圣旨，召完颜哈达和丰阿拉回防汴梁。

拖雷一见金军要走,就挑选了三千精锐铁骑,尾随金军,不让他们有任何休整的机会。金军被拖雷的游击战术打得疲惫不堪,路上又遇到雨雪天气,道路泥泞,倒下的树木令人寸步难行。

速不台在汴梁虚晃一枪后,留下惶惶不可终日的金国君臣,率军前来与拖雷协同作战。金军被蒙古四面封堵,困在了三峰山。等金军的锐气被消耗殆尽,蒙古让开一个口子。金军纷纷从包围的缺口中拥出,不料正中了拖雷与速不台的伏兵,两旁的蒙古军发起进攻,金军顿时土崩瓦解。武仙与丰阿拉见势不妙,突围逃走。完颜哈达率领的金军主力,却被蒙古军紧咬不放,损失了一半多的军队,剩下的人只好投降了蒙古。

三峰山一仗太过惨烈,蒙古佩服几位死战不降的金军统帅,厚葬了他们。很快,窝阔台也率领邓州的主力前来支援,一举拿下了黄河沿岸,开始围攻汴梁。

汴梁是后周世宗营造的雄伟大城,蒙古猛攻了十六昼夜,杀伤了数十万军民,仍然没有攻下汴梁。窝阔台开出讲和的条件,让金国皇帝拿出牛羊酒肉犒赏蒙古军,随后带着金银财宝与金国皇室的人质,满载而归。

完颜守绪正想松口气,不料金军的将领连皇帝的命令都不放在眼里,将蒙古使者杀死,本可以暂时平息的战事,又一次开启。

出征金国期间,窝阔台突然得了怪病,躺在军营里昏迷不醒。蒙古巫师为窝阔台祈祷,对周围人说窝阔台此番征战生灵涂炭,上天都看不下去,所以需要亲王代替窝阔台去死,他的病才能好。巫师刚说完,窝阔台突然醒了过来。恰好弟弟拖雷此时前来探望,窝阔台把巫师的话对他说了一遍。拖雷听完之后,竟愿意代替哥哥去死。

巫师取来一碗净水,念了一番咒语之后,递给拖雷让他一口饮

11. 攻占花剌子模

尽。拖雷喝了这水,当晚便留下遗言,将儿子蒙哥托付给兄长后,随即暴毙,而窝阔台却如同枯木逢春一般好了起来。

此后蒙古兵愈战愈勇,直逼金国都城。汴梁的粮食已经吃尽,金主完颜守绪大难临头,但他也没有坐以待毙,而是亲自率兵出城抵抗,企图找到一线生机。武仙等蒙古叛将,也收拢了部队,前来支援。

可蒙古控制下的山东叛乱已经平息,史天泽率领兵马,要报武仙的杀兄之仇。金军被蒙古军堵在河边,六千多人投河自尽。完颜守绪只能带着几个亲信将领,趁着夜色渡河南逃。

离开汴京临走前,完颜守绪安排元帅崔立镇守。崔立这人十分狡猾,他听说金主完颜守绪派人迎接后宫嫔妃,直接把那些人杀了,又假传太后懿旨,立卫王子完颜从恪为王。

紧接着,崔立自封为国师,还把重要官职都封给自己的党羽。可国师还没当几天,蒙古兵就直逼城下。崔立从从容容地出城,和蒙古兵的主帅速不台签订投降协议,转身又回到城内到处洗劫金银财宝送给蒙古兵,还帮助蒙古兵占领汴京。

速不台占领金国国都后,曾经以军中死伤过多为由,要求屠城泄愤,在耶律楚材的极力劝阻下才作罢。因此,汴京城内一百四十万户百姓得以幸存。

12. 金国覆灭

金国国都汴京虽然被蒙古兵占领,但是金主完颜守绪逃亡在外,时刻策划着复国行动。完颜守绪带着大臣们南迁蔡州,一路上大雨滂沱,众人赶路累得疲惫不堪。

等到了蔡州,完颜守绪任命完颜仲德为尚书,统管大小事务。完颜仲德是个文武全才,办事认真负责,他上任之后马上重整军队,一心想着往西迁移一事。

令完颜仲德没有想到的是,很多官员和士兵都在蔡州娶妻成家,大有久驻蔡州之意。就连金主完颜守绪也得过且过,命人修建了奢华的亭台楼阁,整日与美人作乐。完颜仲德多次劝谏不起作用,无可奈何之下只能勉力维持,继续招兵买马。

而蒙古那边,窝阔台为了将金国余党一网打尽,特意派人到南宋商量结盟的事情。宋理宗一直都把金国视作眼中钉,当他听说蒙古要联合南宋攻打金国,事成之后划分河南给南宋当报酬时,马上同意了结盟的事情。

蒙古拉拢南宋的同时,完颜守绪也派人向南宋借粮食。完颜守绪让使臣转告宋理宗,自从他继位以来,一直跟南宋井水不犯河水。现如今蒙古对西北地区鲸吞蚕食,如果金国灭亡了,蒙古迟早有一天会攻打南宋。假如南宋肯救济金国,那么南宋也能保全自己。

12. 金国覆灭

可是南宋一心想铲除金国，对于金国使臣的话坐视不理。南宋派出两万精兵，从南面攻打蔡州，跟北面的蒙古兵呈南北分攻之势。蔡州城虽然有完颜仲德镇守，但是始终敌不过蒙古和南宋联手来袭，很快就被攻下外城。

外城被破后，完颜仲德率兵死守内城，竟也坚持了好几个月。但战争打成这个局面，结局已经昭然若揭。完颜守绪看着城中的士兵、百姓一副瘦骨嶙峋的样子，心里十分不忍。他把皇位传给元帅完颜承麟之后，自己便悬梁自尽了。

完颜承麟仅仅当了一天的皇帝，蒙古兵和宋军就已经杀入城内。完颜仲德原本想掩护完颜守绪离去，却发现金主已经以身殉城，于是也跟着跳水自杀了。而完颜承麟眼看着乱军攻入城内，慌慌张张地把完颜守绪的尸体烧了，自己后来也死在乱军刀下。自从完颜阿

骨打建立金国,到灭亡为止,一共经历了一百二十年。

蒙古兵和宋军赶到,他们把大火扑灭,抢出了完颜守绪的遗骸。蒙古兵把遗骸一分为二,连同金银珠宝与南宋一并平分了。此外,双方约定以陈州、蔡州的西北地区为边界,北边归属蒙古,南边归属南宋。

过了半年左右,南宋出兵进攻汴京,直接刺激了蒙古。窝阔台非常生气,马上命人率精兵讨伐南宋。

南宋为什么突然攻打起汴京呢?原来,南宋大将赵葵想收回开封、洛阳、大名等失地,但是南宋群臣都不答应,赵葵便联合庐州全子才,率领五万精兵擅自攻打汴京。

汴京都尉李伯渊憎恨崔立,听说赵葵快到汴京了,便假意邀请崔立商量御敌之事。等崔立一到,李伯渊直接把他杀了。崔立先是卖国求荣,后来又在汴京作恶多端,把整个汴京城搅得乌烟瘴气。他的尸体在游街示众的过程中受到愤怒的士兵和百姓的报复,落得一个死无葬身之地的下场。

赵葵占领汴京后,催促全子才进兵洛阳。但是全子才手上没有粮草,只发了几天的粮草给将领徐敏子,让他率领一万精兵攻打洛阳。但等徐敏子到了洛阳之后,他发现洛阳只有几百户农民,俨然一副空城的样子。

而赵葵和全子才在汴京附近收复的地盘也都空无一人,士兵没有粮饷,只好挖野菜充饥。宋军饿了好几天,又被蒙古兵偷袭。他们挖开堤坝,水淹汴梁,宋军只能灰溜溜地回去了。宋军虽然撤兵了,但是他们在蒙古的地盘上闹了这么一出,已经彻底违反了盟约,必将遗患无穷。

正当窝阔台调兵遣将,打算兵分三路进攻南宋的时候,东边和西边忽然传来了坏消息。

13. 窝阔台平定东西

蒙古东边有个叫高丽的国家,高丽此前是大宋的附属国,又先后归顺了辽国、金国。蒙古讨伐金国的时候,辽国余党趁机占领高丽。幸亏有蒙古相助,高丽才得以收回沦陷的失地,也正因如此,高丽顺理成章地归顺了蒙古。

等到上缴贡品的时候,高丽新国王王皞(tūn)却目中无人,把蒙古派去的使臣杀了。蒙古大军不久就兵临城下,高丽王丝毫不惧,还亲自指挥士兵回击。可小小的高丽哪里是蒙古兵的对手,很快便被蒙古兵攻了进来。高丽王一边逃跑,一边派人向蒙古求饶。

窝阔台此时除了要讨伐南宋之外,还忙着出兵平定西域,没心思跟高丽周旋。在听说高丽愿意上缴双倍贡品之后,窝阔台便同意撤兵。高丽王还被迫把儿子送去蒙古当人质,这才保住了国家。

而在西边掀起风浪的,正是花剌子模亡国太子札兰丁。

成吉思汗西征时,一举灭掉了花剌子模。花剌子模末代苏丹的儿子札兰丁却数次纠集盟友,与蒙古作战。虽然屡次被蒙古军击败,但蒙古一走,他又占据了呼罗珊等几个地区,侵扰埃及等邻国。

邻国苦不堪言,于是与札兰丁商议和谈,支持他进攻蒙古。恰好统辖西域的术赤病死,札兰丁就打起了西域的主意。

窝阔台听说后,立马点起三万兵马,来会会这个老对手。此时正值冬天，滴水成冰，札兰丁喝着热酒暖身，心想这种天气，敌军定然不敢来袭。

可到了次日，札兰丁还没从宿醉中打起精神，就听闻蒙古前锋已到。札兰丁还没有集结完兵马，只得弃城而逃，将盟友丢给了蒙古人。

蒙古人收降了札兰丁的盟友，直扑札兰丁而来。札兰丁慌不择路，逃进深山，被仇人所杀。这位曾率军与蒙古军作战的英勇王子，就这样糊里糊涂丢了性命。蒙古一路西进，平定了里海与黑海的草原地带，只有北方的钦察部落还没有降服。

窝阔台发兵五十万，选中了术赤的继承人拔都为统帅，皇长子贵由与拖雷的长子蒙哥，以及老将速不台一同率军进攻钦察。

钦察的酋长八赤蛮是块硬骨头，竟与速不台打了个平手，直到蒙古的大军到来，才慌忙退走。一问当地人，竟然是跑到了一处海

13. 窝阔台平定东西

岛,想要重整旗鼓。蒙古军没有舟船渡海,一筹莫展之际,大风忽起,海水退潮。

蒙哥大喜,连人带马跨过海峡,将八赤蛮抓住斩首。

蒙古兵出征西域期间,一度向北打到俄罗斯,向西直达马加部(今匈牙利)、波兰,把日耳曼人杀得人仰马翻,还大肆屠杀了多座城池的百姓,震动了整个欧洲。这次西征的首领是术赤、窝阔台与拖雷的继承人或长子,因此也被称作"长子西征",给欧洲人带来了深深的恐惧。可在蒙古西征的关键时期,窝阔台却突然驾崩了。

14. 耶律楚材郁郁而终

原来,窝阔台到了晚年纵情声色,常常捧着酒杯入睡。一次打猎归来,窝阔台喝了过量的酒,一下子就不省人事,连太医都无计可施。这可把皇宫里的人吓坏了,他们急忙找来耶律楚材,请他解救窝阔台。

耶律楚材算了一卦,说窝阔台命不该绝,但是因为任用了奸人当官,间接残害了无数的百姓,才会被上天谴责。耶律楚材说窝阔台必须亲自颁布大赦天下的诏令,才能得到上天的宽恕。

过了一会儿,窝阔台醒了,他下旨大赦天下,不久后便痊愈了。耶律楚材劝说窝阔台不要沉迷于打猎饮酒,窝阔台安分了一段日子,但很快按捺不住了,又开始白天骑马射猎,晚上饮酒作乐。窝阔台因此隐疾复发,一命呜呼,在位十三年,享年五十六岁。

窝阔台驾崩后,朝廷大小事务由他最宠爱的六皇后乃马真氏主持。由于皇长子贵由仍领兵在外打仗,皇孙失烈门又年纪尚小,一时间无法决定新帝人选。这时,监税官奥都剌合蛮便跳了出来,怂恿乃马真皇后垂帘听政。

奥都剌合蛮原来是回国商人,归降窝阔台之后,靠着一张善于阿谀奉承的巧嘴,博得了窝阔台和乃马真皇后的信任。奥都剌合蛮力排众议,推举乃马真皇后听政,还给自己博得了个相国的职位。从此奥都剌合蛮的权力越来越大,甚至连皇后的诏书都由他撰写。

14. 耶律楚材郁郁而终

这下，耶律楚材可彻底坐不住了。此前奥都剌合蛮提议让乃马真皇后垂帘听政，耶律楚材阻拦无果后，便一直遭到打压。而面对诏书如此重要的文件，耶律楚材据理力争，这才打消了乃马真皇后的念头。

但是没过多久，乃马真皇后又颁布懿旨，说如果有令史官不写奥都剌合蛮的建议，就要把他们的双手砍去。耶律楚材作为中书令，又站出来反对这件事。乃马真皇后非常生气，但是念及耶律楚材是两朝功臣，便没有处罚他。

耶律楚材由此对朝廷心灰意冷，常常称病不上朝。奥都剌合蛮拍手称快，没了忠臣的阻拦，他在朝廷中越发肆意妄为。

此时，乃马真皇后突然收到消息，说帖木格正率兵赶来。帖木格是成吉思汗的弟弟，很可能是听说了奥都剌合蛮的恶行，特意前

来为国除奸。乃马真皇后大惊失色，急忙找到奥都剌合蛮商量。

奥都剌合蛮一听，直接说能打就打，打不过就跑，大不了把国都迁往西边。乃马真皇后觉得奥都剌合蛮的话不太靠谱，便找到耶律楚材商量。耶律楚材倒也不计前嫌，他占卜之后发现蒙古并没有大的动乱。

耶律楚材建议让帖木格的儿子在半路上拦截兵马，让帖木格只身进京。帖木格走着走着，听说贵由即将抵达国都，刚好儿子又来询问自己的来意，干脆就顺水推舟，说自己只是来奔丧的。

等贵由回到国都后，奥都剌合蛮却担心他继位后影响自己的势力，让乃马真皇后等成吉思汗的孙子拔都回国后再做定夺。拔都正在西北打仗，他收到了督促回国的消息，因为心怀不平三番五次称病，故意拖延着不回国。

这期间，奥都剌合蛮越来越无视皇权，在国都为非作歹。耶律楚材看在眼里，在忧愤交加之下去世了。

15. 蒙哥继位

听闻耶律楚材去世,奥都剌合蛮仍不放过抨击对方的机会,诬蔑耶律楚材贪污腐败。乃马真皇后派人去耶律楚材的家里查看,发现他家里只有一些书画乐器,连一件奢华的珠宝都没有。于是乃马真皇后厚葬耶律楚材,后来元朝皇帝又追封耶律楚材为广宁王。

乃马真皇后垂帘听政已经四年有余。拔都迟迟不肯回国,新帝的位置也一直没有定下来。这时,乃马真皇后病危,召开库里尔台会,立贵由为大汗,蒙古才有了正统的皇帝。

贵由继位后,第一件事就是整顿朝政,但是碍于乃马真皇后在世,不便处罚奸臣。等到乃马真皇后去世,贵由直接处死了奥都剌合蛮,连同他的党羽一并连根拔起,除了拖雷正直的妻子唆鲁禾帖尼外,来自西域与中亚的妃子被清扫一空。除了整顿宫廷之外,贵由在位期间并没有特别大的成绩。由于身体欠佳,他继位两年后便病逝了。

大汗病逝,其子失烈门尚且年幼,只能由皇后斡兀立海迷失代为摄政。就在这一年,蒙古发生了罕见的旱灾,野草竟然燃烧了起来,牛马大批死亡。人们都认为这是因为新帝没有帝王之气,无法镇守蒙古的疆土所致。失烈门大失人心,贵族们人人怀揣异心。

因此,一些蒙古亲王由拔都召集,在阿勒塔克山召开了库里尔泰大会。然而,这次来到大会的只有术赤和拖雷的后人,察合台与

窝阔台的儿子都没有前来参加。皇后斡兀立海迷失派出了特使巴拉代为参会。会上，亲王们各抒己见，但一致认为拔都是最佳的新帝人选。

巴拉见状不妙，连忙说："窝阔台汗在的时候，就想立失烈门为汗，应该遵照前任大汗的意思，各位亲王没有意见吧？"

拖雷的二儿子忽必烈却说："大汗若是想让失烈门继承汗位，那早就应该立他为汗了，为何到驾崩的时候还没有定下呢？失烈门还是个孩子，蒙古不能没有年长的君主理事。"

忽必烈的兄长末哥笑道："我们不敢违背窝阔台大汗，可乃马真皇后违背大汗遗嘱在先，怎么还能劝我们遵守规矩呢？"

拖雷的后代诸王你一言我一语，让巴拉解释为何窝阔台在位十年都没有立失烈门为汗，又指责乃马真皇后在没有召开大会的情况下私自立贵由为汗，说得巴拉哑口无言。于是，蒙古王公们决定推拔都为新任大汗。

但是拔都不愿意继位，推荐了成吉思汗的亲孙、拖雷的长子蒙哥当大汗。蒙哥被窝阔台认过养子，众人都表示赞同，蒙哥便继承大位。皇后斡兀立海迷失再怎么不情愿，碍于拔都等亲王的威势，也只能听从决议。

蒙哥继位当天，设下酒宴接连庆祝七天。觥筹交错之间，突然车夫克薛杰跑来报信，说他在找走失的骡子时，看到一辆车的车辕断了，车里露出了沉甸甸的兵器！

大将忙哥撒儿听了之后，马上放下酒杯出去查明真相。过了一会儿，忙哥撒儿带着二十个武士回来了，却是眉头紧皱。

蒙哥一问，这才知道押送马车的负责人叫按赤台，奉失烈门的命令前来送贺礼的。蒙哥已经看穿了来人的意图，失烈门对这次汗位继承不满，想要发动兵变夺取权力。他笑着说道："兄弟们这么

15. 蒙哥继位

关心我,他们派来的人我也应当好好款待一番。"

忙哥撒儿当即领悟了蒙哥的言下之意,马上说道:"失烈门的使者不只这些,剩下的人都在路上等着呢!我这就带他们过来!"

这些人在酒宴散了之后,当晚被关了起来听候发落。等到了第二天,蒙哥审问按赤台等人,这些人口风很紧,都喊着蒙哥冤枉了他们。蒙哥见审不出什么结果,便让忙哥撒儿动用私刑,哪能想到这些人受了毒打,纷纷咒骂起蒙哥。

而蒙哥刚继位,不愿意杀生,便询问自己的军师牙剌挖赤如何解决此事。牙剌挖赤对蒙哥说道:"我只知道走在路上,如果碰到荆棘挡道,就要把荆棘砍掉,另外种下新草。"

蒙哥听了恍然大悟,便不再迟疑,直接把按赤台等人杀了。又揪出那些瞒报的官员,一并砍头。后来,蒙哥还将失烈门杀死,把失烈门的兄弟派系都抓了起来,轻者革职软禁,重者人头落地。

处理完反叛势力之后,蒙哥汗改革了许多政策,废除了长者的赋税,严禁亲王掠夺百姓财产,严禁士兵欺辱百姓。而蒙古地区的汉族百姓,都交由弟弟忽必烈管理。蒙哥汗的这些措施一经推出,马上得到了百姓们的欢迎,在民间获得了好口碑。

也就是在这个时期,忽必烈开始大展拳脚。他接管漠南的军事之后,开设专门的官府管理,把京兆这个地方治理得井井有条。

16. 忽必烈创建元朝

京兆地小人稀,承载不起忽必烈蓬勃的野心。于是,忽必烈把目光转向了大理。

大理就是唐朝时期的南诏。到了现在,国王段智兴已经断绝了跟中原王朝的往来,算得上是"举目无亲"。

忽必烈率精兵围攻大理,派出老将速不台的儿子兀良合台统辖诸军,兵分三路突进。段智兴勉强召集数千男丁应战,但被精锐的蒙古兵三路夹攻,轻松打败。段智兴只能出城乞降,从五代十国开始占据一方的西南强国大理,就此灭亡。占领大理之后,忽必烈陆续打下了几个弱小的部落,接着把靶心对准了吐蕃。

吐蕃的百姓信奉佛教,尊崇喇嘛。喇嘛就是高僧,在当地百姓心中的地位比国王还高。忽必烈的军队攻打吐蕃的时候,对当地的百姓说只要他们投降就能免去一死,还可以继续信奉原来的宗教。

这时,喇嘛扮底达找到忽必烈的大将兀良合台,主动要求带他们去国都,游说首领唆火脱投降。唆火脱看到眼前局势已定,便也只能束手投降。不久忽必烈带着后援军队也来到了吐蕃,他十分尊敬扮底达。忽必烈看见扮底达的侄子八思巴十分聪慧,便让他随侍左右。后来蒙哥汗召忽必烈返回,他又带着八思巴一起北归。

等忽必烈到了京兆,听说阿拉克岱尔和刘太平两人奉蒙哥汗的命令彻查本地财政情况，惹得很多官员抱怨不已。忽必烈非常生气，他认为京兆的官员大部分都是自己任命的，怀疑这些官员贪污敛财，就是在间接质疑自己。

忽必烈忍受不了被猜忌，怒气冲冲地准备入朝去解释。一旁的劝农使姚枢急忙劝阻道："大王既然要自证清白，就带上自己的家属进京，说明大王对大汗是忠心耿耿。而且在陈述之时，也不能跟大汗争论，毕竟您是臣子，他是君主。如此一来，流言蜚语也会不攻自破。"

等忽必烈到了和林，拜见蒙哥汗，将事情叙述了一番，却见蒙哥汗眼含热泪，自己也不由得悲从中来。蒙哥汗说自己只是担心他常年在外打仗，劳累过度，所以召他回来好好休息，并无他意。忽必烈此次攻打大理与吐蕃告捷，更加受到蒙哥汗的信任和器重。

第二天，蒙哥又召见了忽必烈。他打算修建宫殿，正愁蒙古人中没有营造建筑的好手。忽必烈将刘秉忠推荐给蒙哥，蒙哥提出了许多问题，刘秉忠应答如流，于是在龙岗大兴土木，定名为开平府。蒙哥就住在这里管理蒙古，一时间市场兴旺，热闹非凡。

当时皇弟旭烈兀领兵西进，接连传来捷报。他从蒙古旧都和林发兵，沿着天山北麓直达阿姆河岸，在这里召集西域诸王一同西征木乃奚国，这是上次拖雷经过但没能攻陷的地方。旭烈兀与怯的不花等一众名将，兵分三路大军前进。

木乃奚国的国王兀克乃丁派出使者求和，旭烈兀要求兀克乃丁拆毁城堡，前来归降。兀克乃丁的使者一去就再也没有消息，旭烈兀命令三路大军即刻攻城，兀克乃丁惶恐之下，连忙投降，将城外的五十多座堡垒全部拆除。旭烈兀恼怒兀克乃丁言而无信，派人在半路上将他刺杀，将木乃奚都城夷为平地。

木乃奚国幸存的人纷纷逃到阿剌伯东岸的八哈塔国，这里是回

教教祖的诞生之地，君主的名号是"哈里发"。阿剌伯强大的时候，哈里发代天治民，拥有无上的权威，但随着国力的衰落，领土已所剩无几。现任哈里发木司塔辛沉迷于戏曲剧作之中，整日不问政事，大小事务都交给了臣子，自己当起了甩手掌柜。

旭烈兀要求木司塔辛交还流亡的部众："你想打，那我们就约定会战；若是不想，你就前来投降。"

木司塔辛高傲惯了，一听蒙古口气如此之大，回信出言不逊。旭烈兀勃然大怒，列阵与木司塔辛在波斯湾入海口附近的河流激战。

哈里发的军队白天与蒙古军打了个平手，心想对手也没有什么可怕的，谁知到了晚上，蒙古军挖开河堤，浩浩荡荡的河水灌进木司塔辛的军营，顿时引起一片大乱。在齐腰深的泥水中，木司塔辛的军队都成了活靶子，被蒙古人全歼。

木司塔辛还想据城固守，可旭烈兀命人在城市四周堆筑土山，将投石机架设在山上，对城内轮番投射巨石。木司塔辛见无法抵抗，只好派出使者乞降，旭烈兀一概不准，木司塔辛最后只能将自己绑起来，亲自去投降。旭烈兀将木司塔辛与城中居民一并处死，只留下他最小的儿子延续后代。旭烈兀分兵两路，命令郭侃继续攻打天方，自己率军往印度进军。

而在西南地区，兀良合台还在开疆拓土，将云南的蛮部尽数降伏，又南下攻击安南，也就是现在的越南。只是安南气候太过湿热，蒙古军不适应这里的气候，双方互有胜负。于是兀良合台与安南议和，要求他们支付岁币，达成之后方才退兵。

看着蒙古军所向披靡，蒙哥汗很欣慰，萌发了攻打南宋的念头。之前乃马真皇后执政时，曾经派出使臣月里麻思到南宋议和。但是月里麻思一到南宋的地盘就马上被囚禁，蒙古曾以此为由讨伐南宋。但蒙古因为常有内讧，并未大举进攻，南宋因此抵御住了。现在月

16. 忽必烈创建元朝

里麻思已死,蒙哥汗马上亲自率兵讨伐南宋,留下弟弟阿里不哥驻守和林。

蒙古大军从四川、陕西一带出发,陆续攻下剑门、成都、阆州。等到了合州钓鱼城,蒙古兵面对南宋虎将王坚,使尽浑身解数攻城,围攻了半年都打不下来。蒙哥派出南宋投降的将领国宝前去劝降,王坚直接将叛徒斩首,誓师出战,击退了蒙古军。不仅如此,还损失了一名前锋将领汪德臣。

汪德臣是汪古部的名将,与蒙古一同攻打南宋,转战四方。蒙哥久攻合州不下,汪德臣挑选了精锐,准备了攻城兵器,亲临前线督战。王坚死守城池,血战一夜,城外的蒙古军遗体堆积如山,眼看就要攻上城墙,汪德臣拿着军旗前去劝降,不料王坚早已准备好了落石,又一次挫败了蒙古军的进攻。汪德臣被落石砸成重伤,当

晚就伤重而死。

蒙哥汗因此心里郁结了一口气,竟然在合州的一座山上病逝了。蒙古大军不得不班师回朝,合州这才解除了重围。

蒙哥在位九年,他性格沉毅,沉默寡言,不像窝阔台那样贪杯好酒,要说缺点,就是有时过分迷信巫师占卜,总的来说是一位治国严谨的大汗。

此时,忽必烈正领军渡过了淮水,行至湖北黄陂坡时收到了蒙哥汗驾崩的噩耗。诸将劝他北归,但忽必烈执意要灭了南宋。恰好兀良合台已经率军从安南返回,两军约定夹击南宋。忽必烈的大将董文炳主动请战:"宋国依仗长江天险立国,在江岸死守,我愿意担当此任!"

忽必烈让董文炳、董文用兄弟出战,董文炳毫不含糊,率领战舰直接登岸,江中的宋军战舰竟然不敢前来阻拦,让董文炳兄弟登上了滩头,抢占了立足点。蒙古大军一鼓作气渡过长江,破临江,入瑞州,全力围攻鄂州。一路上宋军望风披靡,未战先怯,简直毫无战斗力。

南宋朝廷大为震动,情急之下派遣贾似道前去退敌。贾似道毫无谋略,他秘密派遣心腹王峎到蒙古军营求和。

忽必烈本想拒绝,部下郝经劝说道:"蒙哥大汗刚刚去世,诸王们对汗位虎视眈眈,若是他们先发制人,您就要被宋国和新任大汗南北夹攻了。眼下不如与宋议和,将蒙哥大汗风光大葬,再召集奔丧的诸王,到时候就可以登临汗位了。"

忽必烈因为担心国中发生变故,再三思考后同意撤兵,但是要求南宋将江北的领土割让给蒙古,并且每年按时上缴贡品。兀良合台当时正在攻打潭州(今湖南长沙),听说忽必烈撤军,也跟着北归蒙古。

16. 忽必烈创建元朝

贾似道眼见蒙古人撤退，怕回朝之后被皇帝责怪寸功未立，心生"妙计"，派遣军队追击蒙古军落后的老弱病残。这些掉队的人敌不过宋军，被杀的杀，被俘的俘。贾似道谎称是大捷，将俘虏献给宋理宗。宋理宗糊涂之下，竟然封贾似道为卫国公，更加宠信。可蒙古人不会善罢甘休，这个仇迟早要报。

忽必烈行至半道，接到蒙哥的"遗命"，让他掠夺人口。忽必烈心中奇怪："我的士兵已经够了，为什么还要掠夺人口？一定是旧都和林阿里不哥的阴谋。"他没有上当，反而放回了俘虏的人口，赢得了民心。

刚走到开平，已有许多蒙古诸王赶来相会，拥戴忽必烈为大汗，领兵西征的旭烈兀也来信劝进，于是忽必烈在没有召开库里尔泰大会的情况下，登上汗位，史称元世祖。他参考中夏建元的制度，把年号定为中统。后又改中统为至元，建国号为元，取《易经》中"大

哉乾元"之意,也称作大元。

成吉思汗统治蒙古期间,各部落距离很远,官阶十分简单。统治一个地方的掌权者叫断事官,掌管行政和刑事,管理军事的叫万户,后又参照金国,设立了行省、元帅、宣抚等官职。随着蒙古的发展壮大,往日的官阶制度早已显得落后。

元世祖上任后,命刘秉忠、许衡重新制定内外官制,其中管理政务的叫中书省,管理军事的叫枢密院,管理官员人事变动的叫御史台。除此之外,内官另设寺、监、院、司、卫、府,外官则分为行省、行台、宣抚、廉访等。各官员根据职位的高低发给俸禄,但以蒙古人地位最高,汉人、南人次之。

正在大家对新制度议论纷纷的时候,和林传来阿里不哥称汗的消息,原来阿里不哥听说蒙哥去世,召集了蒙哥的儿子与察合台血脉的王公,召开库里尔泰大会,自称大汗。

一山不容二虎,忽必烈与阿里不哥之间的一场汗位争夺大战一触即发。阿里不哥派遣信使南下燕京,前来剥夺忽必烈留下的守军的兵权。忽必烈的心腹廉希宪却先到一步,将阿里不哥的使者抓住,在监狱中将他们灭口。掌握兵权的廉希宪听说六盘的守将打算投靠阿里不哥,便派遣汪古部的汪良臣前去讨伐,等到忽必烈的援军后一举击溃了他们。

私自调动军队是臣子的大忌,廉希宪向忽必烈请罪,忽必烈却嘉奖了他,赏赐他金虎符,让他统领陕西、四川的行省,自己则率领主力与阿里不哥大战。

这场战争打了五年,最终以阿里不哥落败告终,无奈之下,他只能率领部众投降忽必烈。忽必烈挂念兄弟之情,宽恕了他,不计较他的罪名。蒙古的汗位争夺战结束,又可以一致对外了。

17. 南宋灭亡

　　元世祖忽必烈曾经派出多位使臣与南宋修好，包括劝说他与南宋议和、回国争夺汗位的郝经，但这些使臣最后都音信全无。

　　原来，此前元世祖讨伐鄂州的时候，南宋派出奸臣贾似道迎战。没想到贾似道胆小如鼠，竟然直接投降了，而元世祖提出的条款，贾似道根本没有禀告宋理宗，宋廷不知道贾似道是以投降换取和平。蒙古撤兵之后，贾似道反而谎称自己打了胜仗。宋理宗信以为真，还册封贾似道为卫国公，这都是之前说过的故事了。

　　现在蒙古派使者前来商量议和的事情，贾似道担心东窗事发，直接把使臣郝经幽禁在真州忠勇军营。元世祖久等使者未归，又派人质问南宋，还是没有收到任何回应。这可惹怒了元世祖，他决定全面对南宋出兵。

　　这时，南宋名将刘整突然主动归降蒙古。刘整原是潼川副使，深谙南宋军防，战场上也无往不胜。他因为受到贾似道的嫉妒与排斥，一气之下率领泸州十五郡归降元世祖。

　　元世祖看到这等人才前来归降，高兴地封刘整为夔路行省长官，同时兼任安抚使。刘整受到如此重视，精神为之一振，主动与元帅阿术谋划攻宋一事。他打算修建白河口城，先截断南宋粮道，再攻打襄阳。

南宋四川宣抚使吕文德是贾似道的党羽,他对于元朝要修建白河口城的消息嗤之以鼻。襄阳守将吕文焕(huàn)申请支援,还被吕文德骂了一通,说他多此一举。等到刘整筑好城池就开始与阿术合并围攻襄阳。吕文焕在城内苦苦支撑,此时襄阳已被困三年。

这时宋理宗已经归天,继任的新帝宋度宗比他爹还昏庸无道。他不仅把贾似道封为太师,还把国家大事都交给他处理,自己在一旁享乐,对他来说,与蒙古人战斗哪有斗蛐蛐好玩?其间,吕文焕反复向朝廷申请援兵,都被贾似道与吕文德糊弄了过去。

李庭芝是南宋末年的名将,见吕文焕被困在襄阳,想要发兵支援,也被贾似道否决。

但纸是包不住火的,某天,宋度宗特意问道:"太师,襄阳被围困三年有余,我们该如何是好?"

谁知贾似道听了,愤怒地瞪着宋度宗,斥责道:"蒙古早就退兵了,您是从哪里听到的小道消息?"

宋度宗含糊地说是一个宫女告诉他的,却不敢告诉贾似道宫女的名字。在贾似道以罢官为要挟下,宋度宗只能把宫女赐死,以此安抚贾似道。

后来,贾似道似乎良心发现,竟然破天荒地派李庭芝去支援襄阳,可惜被吕文德的女婿范文虎阻挠。这一对翁婿狼狈为奸,偏偏在打仗这件事上没有半点本事,派出的援兵如同砧板上的鱼肉,也是任由虎视眈眈的元军宰割。援兵还没能闯入襄阳城,就在城外全军覆灭。

李庭芝听说范文虎兵败,派出手下最得力的勇将张顺、张贵率领军队支援襄阳。元军派出大量战舰,在江面上拦截宋军。张贵好不容易杀开血路,进入城中,却不见好兄弟张顺的身影。几天后,守军在江中发现了张顺的遗体,他身中四枪六箭,却怒目圆张,仿

17. 南宋灭亡

佛还要起身与元军战斗，襄阳守军无不痛惜。

没过多久，江上起了大雾，张贵抓紧这个机会，前去范文虎处祈求援军，见到江面上的无数军舰，本以为是宋军来援，谁知撞上的却是元军舰队，将他的座舰团团围住。张贵浑身是伤，被俘虏后决不投降，不屈而死。

而这时，更坏的消息传来：樊城已经失陷。襄阳与樊城，本来

互为掎角，相互拱卫，樊城一丢，襄阳就成了孤城。元军又使用西域人赠予的火炮，把襄阳外城炸开了一个突破口。外城一失，内城也危在旦夕。元军将领阿里海涯敬佩襄阳城军民死守孤城五年的决心，劝告他们早日投降，并承诺给予升官封爵的待遇。又折箭和吕文焕立下誓约，吕文焕这才出城投降。

元军攻下襄阳后，元世祖连下了几道诏书，历数贾似道几次背

弃盟友、拘禁使者的罪名，让史天泽和伯颜总领蒙古大军，刘整与吕文焕为副手，浩浩荡荡南下攻伐南宋。史天泽在途中病逝，但蒙古军在伯颜的带领下继续推进。湖北各个坚城，没过多久就全部落入了蒙古手中。

南宋朝廷惊慌失措，派遣贾似道前去抵抗。不料各地守军已对贾似道失望透顶，连他一直袒护的范文虎，也叛逃到元军一方。各州守将纷纷兵变，对南宋倒戈相向。

再说贾似道，他一开始惊惧不安，又听说元军的统帅史天泽与刘整相继病逝，自以为天助我也，调集精兵十三万，将前军和中军交给孙虎臣与夏贵二将，与元军水战。

元军的伯颜和阿术的战舰矢石齐下，孙虎臣见势不妙，跑到了小妾的船上，也不知两军交战时，他带着女眷来做什么，真是把战争看作了春游。而夏贵在一边按兵不动，他嫉妒孙虎臣权力在自己之上，一看孙虎臣战败，也一溜烟跑了，只留下贾似道孤军。贾似道这点兵力还能做什么？只好也撤退了。元军风卷残云，吞并江南诸多城镇。

贾似道跑到扬州，看到大难临头，连忙请求与元军和谈，伯颜讨厌他出尔反尔，一概不准。贾似道又提议搬迁国都，但遭到了朝廷拒绝。此时宋度宗已死，四岁的宋恭帝继位，太后谢氏临朝听政。丞相陈宜中，本来受贾似道提拔，此时也站出来反对他。朝廷革了贾似道的职，交还被贾似道囚禁了十六年的元军使者郝经，又下旨让各州守将到国都护驾。结果只有鄂州都统张世杰、江西提刑文天祥等寥寥几人起兵呼应，无法扳回劣势。听闻元军来了，连建康的守将都不战而逃，将一座空城交给了伯颜。元军攻占了无锡，在张世杰的组织下才稍稍减缓了攻势。

就是到了这时，也还有议和的机会。元世祖派尚书廉希贤带着

17. 南宋灭亡

国书前来商谈，可南宋的将领又一次断送了机会，袭杀了使团，将廉希贤抓到临安。伯颜派出使者质问，又被宋将杀死。

伯颜一怒之下，进逼扬州。李庭芝抵挡不住，连连战败。张世杰的舰队铁索连船，拦截元军，阿术命令元军射出火箭，宋军的舟师顿时成为一片火海，张世杰只得退回。

到了这时，南宋的朝廷里还内斗不断。陈宜中气死了另一位丞相，朝廷动荡不安。文天祥将贾似道流放，在途中贾似道被看守所杀，算是为天下苍生出了口气。文天祥请求建立四镇，分别派人镇守，可他的提议却被人隐瞒不报。

南宋这边还在互相倾轧，元军却长驱直入，将湖南和江西尽数吞并。谢太后见势不妙，这才打算和谈。

伯颜听说后，怒道："我多次派出使者，你们却杀害他们，所以我才来兴师问罪！五代十国的时候，吴越的钱氏对你们宋国纳土称臣，南唐的李氏对你们投降，祖上做过的事情，现在轮到你们了。宋国当年欺负后周留下的孤儿寡母，篡位称帝，现在报应来了！"

元军攻占了嘉兴和安吉，直捣临安。文天祥又恳请王公贵人转移到海岛避难，自己则率精兵同元军背水一战。但是南宋朝廷却直接交出玉玺，向元军投降。南宋还封文天祥为右丞相，派他出城和元军商议投降的条款。

文天祥愤而辞职，还以南宋平民的身份来到元军面前，大声呵斥元军主帅伯颜。文天祥被伯颜抓住，后又想方设法逃出，想联合南宋余党殊死一搏。

但此时大势已去，李庭芝死守扬州，元军破城后将他杀害。张世杰四处组织义军勤王，却也徒劳无功。

南宋皇帝和大臣们已在海上漂泊了两年多，后被元军追至崖山。在再也无路可逃之下，左丞相陆秀夫背着年幼的皇帝跳海身亡，南

宋至此灭亡。

宋朝自太祖到末帝，一共三百二十年。若是从南宋建立算起，一共一百五十二年。纵使有李庭芝、张世杰、文天祥等气节之士，也免不了王朝末路。南宋灭后，妖僧杨琏真加盗掘了帝陵，幸亏民间义士收葬，才没有让南宋的皇帝埋没荒野。

18. 元军东征日本

文天祥又被元军抓住了。元将张弘範敬佩文天祥的忠肝义胆，设下宴席邀请他入座，劝他到元朝当个太平宰相。但文天祥泪洒当场，痛哭流涕道："国家破灭我不能挽救，本来就罪该万死，又怎能投降敌国呢？"张弘範赞赏文天祥的忠义，亲自安排车马把他送到燕京。

文天祥到了燕京之后，又受到了元丞相孛罗的招降，但他始终不肯低头，一心求死殉国难。元世祖无可奈何之下赐死他，下令追封他为庐陵郡公，赐谥号"忠武"。

举行丧礼那天，孛罗正要登坛祭拜的时候，天空中突然刮起一阵大风，吹灭了祭坛上的灯火。祭坛上摆着的神主突然飞到半空，消失在云层之中。

文天祥死后，南宋的残存势力安分了下来。

元世祖善待了南宋的亡国太后与宋恭废帝，让他去修习佛法。

而跟随忽必烈南下的谋臣勇将，因岁月的推移相继离去。史天泽、刘整，连同刚刚过世的张弘範，都成了前尘往事。随着这些南征北战的贤臣故去，元朝又踏入了另一个阶段。

忽必烈征战四方，少不了钱粮补给，于是任用了西域的回人阿合马。阿合马垄断盐铁，为元朝收拢了大量财富。元世祖于是更加重用他，阿合马嚣张跋扈，诬告与他作对的清廉官员。

元世祖的皇太子真金，一直跟随汉人的大儒学习经典，正直仁孝，很得朝廷重臣的人心。真金听闻阿合马胡作非为，做了除掉他的打算，于是纠集了卫士，将阿合马锤杀。元世祖大怒，听说了阿合马的罪行后，才知道受了蒙蔽，将阿合马的同党清扫一空。因为此事，元世祖与太子真金之间出现了裂痕。

这时，辽东地区却突然传来十万精兵战死的消息。这又是怎么一回事呢？

这还得提到两个东洋国家，高丽和日本。元世祖建元后二年，高丽国派出使臣与元朝修好，并称与他们毗邻的日本也能相通。元世祖不疑有他，派出使臣前往高丽，由高丽人做向导再乘船前往日本。

一行人来到日本之后，却没有人出来接待他们，只能灰溜溜地回国。元世祖以为是不够正式的缘故，又派出使臣带上国书来到日本。这次使臣在日本待了半年，还是没人搭理，又只好失望而归。

不过，日本也受不住元朝使臣的纠缠，派了二十六人的使团，跟随元朝使臣一同回国。元世祖见日本使团突然改变态度，怀疑是日本将军派遣他们来当间谍，没有召见他们。如此一来，双方的分歧越来越深。

元朝和高丽都不知道的是，此时日本的实际掌权人——幕府大将军北条时宗正实行闭关锁国的政策，坚决不与任何国家往来。元世祖不了解日本的国情，非要和日本结交，反而激发了日本的抵触情绪。而元世祖接连坐了冷板凳，心中大为恼怒，于至元十一年（1274年）联合高丽一起从海上进攻日本。

日本人听说元军来犯，只命令士兵守住要塞，并没有和元军直接对抗的意思。元军对于日本的地形不熟悉，也不敢贸然攻打。

18. 元军东征日本

双方僵持了几天，元军快吃光军粮的时候，急忙抓了几个日本兵，然后坐船回国交差了。

到了至元十七年（1280年），元世祖再次派出礼部侍郎杜世忠等人前往日本。杜世宗带来的国书由于措辞严厉，惹怒了日本朝廷，他们竟直接杀死了元朝使臣。

使臣葬身日本的消息传到国内，元世祖大发雷霆，马上让右丞相阿喽罕、范文虎等人召集十万精兵，气势汹汹地向日本杀去。

阿喽罕因为年老力衰，根本不想远征日本。他到了高丽之后，一直借口风向水势不好，迟迟不肯前进。对于如何攻打日本，阿喽罕也毫无头绪。在巨大的压力之下，阿喽罕竟然病死在军中。

阿喽罕死后，元世祖命安塔哈前去接替他的职位。安塔哈还没到军中，范文虎却在众人的推举之下当上了统帅。范文虎本是南宋的降将，曾经依附于大奸臣贾似道，后来卖国求荣，竟也过得风生水起。他坐上统帅之位后立功心切，马上率兵进攻平壶岛。

平壶岛地理位置险要，四面环水，西面还有五个小岛纵横交错，这五个小岛被称作"五龙山"。元军到了平壶岛之后，还来不及上岸，突然间刮起狂风。海面上卷起一阵阵滔天巨浪，像巨龙一般朝着岸边席卷而来。

元军的战船摇摇晃晃，士兵们在船只上被甩来甩去，一时间呕吐声此起彼伏。这时候，有几位将领为了逃命，率领着数十艘战船掉转头离开。范文虎心中似有千万只蚂蚁爬过，他也不得不号召其他战船驶离平壶岛，改为朝着五龙山前进。

范文虎好不容易登上五龙山，等他清点船只的时候，发现战船竟然逃走了十之六七，剩下的船只也破败不堪。而眼下狂风阵阵，大有翻天覆地之势。范文虎慌乱之下，竟也顾不得其他的元兵，选

了一艘坚固的船，往回逃去。

而五龙山上此时还滞留着七八万元兵，只有一个叫张百户的将领指挥。张百户等人在山上避了一阵风头，等风势渐渐弱下来。之后，他带着士兵上山砍伐木头，准备修船的材料。

就在元兵修缮破损船只的时候，日本军船突然冲了出来。元兵此时已经精疲力竭，根本无力抵抗日本兵。最后，有两三万人被杀，两三万人在海中溺死，两三多万人做了俘虏。但是在这群俘虏中，蒙古人和高丽人直接被日本兵杀死，只有南宋的汉人保留了一命，但被充作奴隶。后来平安逃回的，只有三个人。

范文虎逃出生天后，跟元世祖告状，把全部责任都推卸给第一批逃兵。可惜那些人早就躲了起来，谁都抓不到。元世祖不肯闷声吃下这个苦头，他马上又命人招兵买马，继续准备讨伐日本的事情。

元军遭受重创，朝中有大臣认为应该养精蓄锐一段时间。他们不约而同地上疏元世祖，请求改期东征。元世祖本来心意已决，但是此时国内各方势力蠢蠢欲动，东南的占城、西北的四大汗国祸乱四处，他不得不把东征一事暂时搁置。

当年速不台的儿子兀良合台攻下安南的交趾后，又向更南方的占城派出使者，敦促他们投降，一直没有回信。元世祖命令右丞相唆都率军南下进攻，占城王子补的拉起军队，号称二十万，与元军海战，王子补的战败逃走，占城投降。

唆都正想穷追不舍，一个占城的重臣宝脱秃花前来，说代表王子前来投降，但正在准备贡品，需要等待几天。唆都让他离去，这人一去不返，唆都才知道中了计，正打算率军返回，遭到了王子补的突袭，折损了一半的军队。

元世祖又封了九皇子脱欢为镇南王，让他与左丞相李恒领军南下，与唆都会合后再攻占城。脱欢打算借道属国安南，从背后偷袭

18. 元军东征日本

占城，但安南国王拒绝元军入境。脱欢索性攻打安南，安南守军不是元军的对手，弃城而逃。

可脱欢得到的不过是一座空城，既无粮食，军营中又流行起瘟疫，于是决定暂时退兵。谁知安南军队就埋伏在山林之中，打了退兵的元军一个措手不及。

脱欢一边督战，一边让士卒搭建浮桥，可大军难以从小小的浮桥上全身而退，不习水性的元军掉进水中，就有安南的毒箭来取他性命。左丞相李恒脸上中了毒箭，不久就毒发死了。脱欢逃过一劫，可手下兵卒也无力再战。

另一边的唆都见脱欢迟迟不来会合，于是沿着来路回返。可到了乾满江，安南大军已杀到。元军一番力战，始终无法冲破安南的包围，唆都身受重伤，与将士一同投江自尽。

元世祖不肯甘心，再次让脱欢率领十万元军南下，右丞相阿八赤辅佐。元军复仇而来，所到之处攻城拔寨，但安南故技重施，放弃了城寨，退至海上。

元军孤军深入，没想到安南早就顺着海陆绕到了后方，掐断了元军的退路。到了第二年夏天，元军已被瘟疫和暑热折磨得疲惫不堪。安南王召集了三十万将士，不停袭扰元军，败了就退入山林，抓住机会就乱射一阵毒箭。

元军退到东关，只见四处山野，都是潜伏的安南士卒，随着一声令下，安南军万箭齐发。右丞相阿八赤让脱欢换上士卒的衣服，趁乱走小路逃跑，自己战死当场。消息传来，元世祖勃然大怒，将脱欢丢到扬州，一辈子不准他进京朝拜。

元世祖还想与安南再战，提拔了卢世荣为右丞相，筹措军费。卢世荣乱发纸币交子，民间怨声载道。元世祖听闻后，亲自审讯了卢世荣，将他和党羽一一正法，却收到皇太子真金重病的消息。

原来真金当年绕过元世祖，刺杀了奸臣阿合马。阿合马的余党，不少投奔卢世荣帐下，他们构陷太子真金企图篡位，元世祖虽然没有处罚真金，却因为这两件事与皇太子心生嫌隙。真金太子无从解释，忧虑之下，一病不起，先元世祖而去了。

元世祖还没来得及哀悼太子，又听闻西北有变。
当年元世祖的祖父——成吉思汗打下了东欧到东海的大片疆土，按照他留下的遗嘱，分封给了四个儿子的后裔，后来演变成了蒙古四大汗国，分别是：

钦察汗国，由长子术赤的儿子后代拔都建立，西起多瑙河，东到往吉利吉思荒原，又称金帐汗国，都城在萨莱。

察合台汗国，由次子察合台的儿子也速蒙哥受贵由汗册封而来，统辖阿姆河、西尔河以东以及天山附近的西辽故地，都城在阿力麻里。

窝阔台汗国，由三子窝阔台的孙子海都建立，统领阿尔泰山附近的乃蛮故地，以也迷里为根据地。

伊儿汗国，由四子拖雷的六儿子、忽必烈的弟弟旭烈兀建立，控制着阿姆河、印度河以西的亚洲领土，都城在玛拉固阿。

四大汗国名义上尊奉元朝宗主忽必烈，实际上却是自理内政的独立王国。然而，忽必烈在没有经过全蒙古库里尔泰大会的状况下登临帝位，引起了阿里不哥的不服。元世祖与阿里不哥内战时，海都就暗中支持阿里不哥。阿里不哥败亡后，他继续积蓄力量，联合了钦察汗国与察合台汗国，想要挑战元世祖。

此时正逢旭烈兀病死，海都打算先入侵伊儿汗国，灭掉元世祖的外援。可旭烈兀的儿子阿八哈智勇双全，他诱敌深入，重创了拔都的联军。可阿八哈英年早逝，两个儿子争夺汗位，无暇支援元世祖。海都气焰嚣张，率兵东进，打算进攻元世祖的燕都。

元世祖顾念家族情谊，发出诏书让海都罢兵，海都当然不肯。元世祖让儿子耶木罕率兵征讨，蒙哥一系的亲侄子昔里吉为副将，谁知昔里吉竟然与海都勾结，囚禁了耶木罕。元世祖无奈，只好换上老将伯颜。伯颜兵贵神速，一举击破昔里吉，救出耶木罕，正要继续进攻，又被一道圣旨召回。

原来海都起兵前，还派人联络了西道诸王。成吉思汗胞弟别勒古台的后代乃颜，驻地在斡难河与克鲁伦河之间，受到海都挑唆，兴兵反对元世祖。

乃颜一反，西道诸王蠢蠢欲动，元世祖派出使者阿沙不花。阿沙不花晓之以理动之以情，西道诸王见他侃侃而谈，都以为元军留有后手，不敢轻举妄动。

稳住了西道诸王，元世祖决定亲征乃颜。可军中许多将士都与乃颜有交情，很是让人担心他们的忠诚。于是元世祖决定任用汉军为主力，派出了李庭打头阵。

李庭率领汉军奋勇作战，乃颜亲率中军前来厮杀，双方不分胜负。第二天，李庭又去叫阵，乃颜闭营不出，做好了持久战的打算。司农铁哥负责后勤，看出了元世祖的忧虑，想出了一条妙计。

他建议元世祖按兵不动，摆宴饮酒，做出长期驻扎的样子。乃颜一见，认为元军粮草充足，耗不过他，就打算退守险关。

李庭探查到乃颜准备退军，就召集了十多个勇士组成敢死队，夜晚带着火炮潜入敌营。乃颜正要遁走，突然被火炮的声音惊动，以为是元军主力前来夜袭，抱头乱窜。李庭的汉军一见敌军骚乱，立即与蒙古军一同杀入。

两军谁也不甘落后，相互争功，可苦了乃颜军。他们在两军的夹击下根本无从抵抗，乃颜亲点的大将和副将，一个战死一个失踪，

乃颜慌忙奔逃，落于马下，被元军生擒活捉，斩首示众。

乃颜虽然死了，但他的势力没有就此消停，在东西两边都有动作。西北的头目叫火鲁火孙，不断袭扰边境。

元世祖让皇孙铁穆耳北上清剿乃颜的余部，铁穆耳派出猛将土土哈，很快击溃了火鲁火孙。但坏消息传来，原来是另一位皇孙甘麻剌的军队被叛军包围了。

土土哈一马当先，杀进叛军之中，将皇孙救出，他率军断后。敌军见土土哈人少，穷追不舍。土土哈挑选精锐，在山道设伏，等待追兵到时，假装败退。一等叛军进入山区，伏兵一起杀出，叛军大败。

而在东北方向，失都儿扛起大旗，继续入侵元土。掌管辽东的宣慰使塔出请求支援，元世祖立马调拨援军。

塔出见援军来了，士气大振，率军直扑失都儿。他身中两箭，依然冲入敌阵，一箭洞穿敌将头颈，追到阿尔泰山才罢休。

元世祖让皇孙铁穆耳与伯颜一同驻守和林防御海都，海都策反了元军的将领，与元军再战，双方互有胜负，直到元世祖御驾亲征，海都听说后才率军遁走。元世祖听说了土土哈的壮举，欣慰地拍着土土哈的后背："以前我的太祖成吉思汗经营西北，与臣子一同盟誓，现在有你这样的猛将，没有愧对先人，望你继续努力，不要辜负了朕的好意！"土土哈感激拜谢，他的儿子后来也成了一代名将。

元世祖大军一走，海都又卷土重来，让元世祖很是头痛。而驻守和林的伯颜，迟迟不肯出战。朝廷之上，对伯颜的参奏越积越多，都说伯颜害怕海都，甚至可能已经与海都勾结。元世祖半信半疑，让铁穆耳好好看着伯颜。

伯颜召集将领军队，与海都作战，却明令只许败不许胜，只许退不许进。连续几次，手下将领都憋着一肚子火，争相请战，与海都硬碰硬地来一场。

伯颜故作怠慢："海都一有劣势就迅速逃遁，我想一战而解决他，要是你们把他放跑了，谁来承担责任？"

诸将纷纷表示，绝不会放走了海都，若是败了，愿意自领军法。眼见士气如虹，伯颜决定出战。

而海都一边，则因为连续的胜利志得意满，在军营中饮酒作乐。听说伯颜来了，以为又与以前一样，打不了两下就跑，懒洋洋地上马督战。

谁知伯颜的元军一反常态，伯颜更是生龙活虎，亲率前锋突入海都军营。海都的军队纷纷退却，他也知道中了伯颜的诱敌之计，干脆放弃了后队直接撤走。

伯颜虽然没能擒获海都，但也挫败了海都的气势。诸将都来请罪，伯颜告诫他们："你们先前不听我的命令，我不计较。今后你们也将成为朝廷的重将，必须记住这次的错误，好好改过。"诸将又是感谢又是羞愧。赶走海都之后，伯颜就回燕京了。

为了巩固国家根基，元世祖花了数十年的时间消除战乱。之后，元世祖下旨减轻百姓赋税，开仓救济灾民，并且大赦天下。但至元三十一年（1294年），元世祖病危，一命呜呼，在位三十五年，享年八十岁。

元世祖在位期间，元军四处征战，所向披靡，元朝领土拓展到了欧洲的东北部。疆域之辽阔，是中国历史上前所未有的。

元世祖驾崩后，根据他的遗嘱，皇孙铁穆耳继承皇位，史称元成宗，年号元贞，后又改元大德。

 ## 19. 元成宗礼佛

　　元成宗铁穆耳继位之前，还有一桩逸事。他本是前皇太子真金的第三子，上面还有长兄甘麻剌。两人还一同去北道平叛，甘麻剌身陷重围，而铁穆耳派了猛将土土哈前去解围，久而久之，元世祖更青睐铁穆耳。

　　就在海都被赶走，铁穆耳回都的路上，遇到右丞相张九思前来迎接，并奉上传国玉玺，据说其原本是木华黎的战利品，木华黎家道中落后典当而出，几番周折到了他手中。真金太子的遗孀弘吉剌氏十分高兴，认为这是上天留给皇太孙的，让百官前来朝贺。

　　皇长孙甘麻剌见了，十分不悦，想与支持他的重臣一同反对，不料伯颜带剑上殿，宣告铁穆耳继承皇位，甘麻剌与百官不敢不从，俯首称臣。

　　因为这一层原因，元成宗继位后，宫中对佛教的迷信越来越深。太后弘吉剌氏为了修建五台山寺庙，从国库中取出大量金银，派了几万人到险要的深山去劳作。修建期间，竟是伤亡了一万多人。寺庙建好之后，太后弘吉剌氏又想大张旗鼓地去参拜。

　　这时，监察御史李元礼坐不住了。他急忙上疏元成宗，请求阻止这种劳民伤财的行为。由于李元礼的话太过直白，中丞崔彧（yù）担心龙颜大怒，私自把奏折藏了起来。

19. 元成宗礼佛

太后如期出行,一路上官员们下跪迎接,称颂仁德,可谓风光无限。只有那河东廉访使王忱提及工人伤亡情况,说这样是违背了佛祖的本意。太后听了也为之动容,派人赠送银两给工人家属,以示抚恤。等到了五台山寺庙,太后更是赏赐了数万的银两给僧人。

等太后回宫后,御史万僧突然拿着李元礼的奏折跳了出来,说李元礼对佛大不敬,而崔彧包庇李元礼,这两人都应该受到惩罚。元成宗一听,果然勃然大怒,直接革了李元礼的职。随后,元成宗命令大学士不忽术等人逮捕崔彧和李元礼,大有重罚的意思。

不忽术是两朝元老,一心向着国家社稷。他对元成宗说,其他御史都不敢说话,只有李元礼敢于直言上疏,这是件好事,李元礼不但没有罪过,还应该好好地赏赐一番。

元成宗一番思索过后,觉得李元礼的奏折里说得确实句句属实,

便恢复了他的官职。而煽风点火的御史万僧，则被革去官职。

这时，巴林地界忽然传来外敌进犯的消息。

20. 海都叛乱

巴林位于今天的阿尔泰山西北部,地理位置十分险要。元世祖在位期间,窝阔台的孙子海都曾经在这里组织过一支西北叛军,想推翻元世祖的政权,另立窝阔台后裔为大汗。同时,他们对其他民族有着极强的排外性,只能接受蒙古族的习俗。

西北叛军虽然气焰嚣张,但并非元世祖的对手。海都被伯颜领军击退后,蛰伏了好几年,后来听说元世祖驾崩,伯颜也死了,便趁机强占巴林。巴林的南边有条非常宽阔的大河叫答鲁忽,海都手下将领帖良台干脆把岸边的树木都砍下来做成围栏,每天派人持弓箭镇守。

镇守钦察的将军床兀儿得知后,连忙让人快马加鞭把消息传回国都。床兀儿来到河边,发现叛军严防死守,一时间不敢攻进去。不过,很快他便想到了一个好办法。

床兀儿命令手下吹响号角,又让他们高声呼喊。这些响动吓住了叛军,他们以为元军来者甚多,瞬间慌乱了起来。床兀儿趁机率兵过河,卷起的河水冲走了木围栏,他们没了阻拦,一鼓作气把叛军打得四散奔逃。床兀儿此战大胜,缴获了不少兵马和武器,回到国都后受到了元成宗的嘉奖。

西北叛军虽然遭受重创,但是仍旧连年不断地骚扰元朝的边界。

元成宗的女婿阔里吉思听说窝阔台的孙子叛变,请战于皇帝。元成宗不允许,但拗不过他再三请求,只得同意。临行时,阔里吉思执杯慷慨盟誓:"不平西北,绝不南还!"

阔里吉思才到伯牙思,就有敌军数万人前来袭击,部将担心寡不敌众,提议驸马等待援军会合再行动。阔里吉思高声喊道:"大丈夫矢志报国,怎么能因一点困难而逃避!我军奉命北征,正为杀敌前来,难道还要靠他人帮助?"说完孤军策马向前。

敌军见阔里吉思人少,毫无防备,被他一阵突袭,杀得大败。阔里吉思上报战果,元成宗非常欣慰,将元世祖的貂裘马鞍都赏赐给了他。

到了隆冬,其他的蒙古诸王都认为敌人不会出兵,无须防守。阔里吉思却说:"宁愿多做准备,不可不防敌军。别看秋天敌人来得少了,那是要像猛雕捕猎一样,先隐藏身形,再趁机雷霆一击!"

20. 海都叛乱

诸王听了，都笑话他太过迂腐，只有他整备兵马，严防边境。

寒冬腊月，敌军果然大举进攻，诸王毫无防备，只有阔里吉思出战，三战三捷，追入敌境。叛军打不过阔里吉思，在撤退的路上布置了陷阱，阔里吉思的马因陷坑扑倒，叛军一拥而上，俘虏了阔里吉思，送给叛军头子也不干。

也不干欣赏阔里吉思，劝他归降，阔里吉思断然拒绝。也不干又用嫁女和高官笼络他，阔里吉思厉声呵斥："我是天子女婿，岂会为小利投敌！你是大汗王族，皇帝待你不薄，你为何背叛天子，勾结海都？我宁死不降，你不必多言！"

元成宗派出使者，想要赎回阔里吉思。阔里吉思见到使者，问的都是皇帝和儿子的消息，对自己只字不提。临刑前，他对使者说："请你回报皇帝，我为国捐躯了！"壮烈赴死。

元成宗听说阔里吉思就义，很是伤心，封了他的弟弟木忽难继承爵位。木忽难保境安民，守卫一方，等阔里吉思的孩子成年后，就将爵位归还侄子，人人都称赞阔里吉思家风纯良。

察合台可汗八剌去世后，他的儿子笃哇继位。海都便联络笃哇，一起与元朝为敌。元成宗不得不重视起来，派出宁远王阔阔出负责边防。

但阔阔出怯弱无能，只会连日写奏折告急，元成宗不得不另外派侄子海山前去替代。海山这人有勇有谋，到了边境之后，认认真真地操练起军队来。等海都的大军突袭阔别列的时候，海山率军和他们厮杀了一天一夜，硬生生把他们打退了。

一年后，海都又和笃哇合力率兵攻打边境，这次海山更加游刃有余，传令诸王和驸马前来会师迎战，前来增援的将领中，正好有此前就击退过海都部将的床兀儿。

海山见床兀儿前来，大喜过望，立即拉着床兀儿共商对敌。床

兀儿说："用兵也没别的诀窍，就是鼓舞我军锐气，接下来就胜利有望了，我愿意作为先锋，为王爷打头阵！"

海山立即分兵给床兀儿，向金山进发。海都已经翻过金山，到达怯里古。两军接战，海都自己为占据地利，不把床兀儿放在眼里。可床兀儿手下都是元军精锐，所向披靡，海山又在其后接应，海都见势不妙，收兵暂退。

第二天，笃哇前来挑衅，床兀儿一马当先，势不可当，转眼击败了好几位敌将。海山拍手惊叹："真是壮士！我出阵以来，从来没有见过如此勇武之将。"看了一阵后，却鸣金将床兀儿叫回。

床兀儿奇怪："末将正要追杀笃哇，王爷为何要收兵？"

海山摇头说："海都这次倾巢而来，为什么一战就退？这背后一定有更大的盘算。我想明日出战，请诸王和驸马先上去试探，我与你在后接应，怎么样？"床兀儿考虑过后，赞同了海山的计划。

第二天，诸王的军队前去迎战海都，海都果然后退。诸王咬尾追击，敌军忽然分成两翼，海都与笃哇一右一左，两面包抄，将诸王困在中心。诸王这才知晓中计，正想突围而走，敌军中箭如雨下，死伤惨重。诸王进退不得，只能在原地等死。

但笃哇的左翼突然陷入混乱，只见一员大将挥舞战刀，入阵而来，身后千名精锐持枪扫荡，霎时打开缺口，正是床兀儿率军杀到。

诸王见此场景，心生希望，正要和床兀儿一同杀出，只听床兀儿说："且慢，再看！"

话音未落，海都的右翼也鼓噪起来，正是海山率领主力而来。海山与床兀儿合兵一处，如同两把尖刀，直插敌阵。诸王纷纷随行，大败敌军，海都与笃哇各自逃散。

次日，海山又命令诸王出战，自己与床兀儿沿着小路行军。有了之前的经历，诸王都不敢轻举妄动。海都与笃哇收拢军队，见诸

20. 海都叛乱

王如此不堪，又拾起了先前的威风。正当战况胶着之际，后方传来喊杀声，竟是元帅海山率领床兀儿绕道夹击。

海都知道不敌，只能率军撤退。笃哇走得慢了，被海山部将一箭射伤膝盖，落荒而逃。海山与床兀儿穷追猛打，缴获无数辎重，轻松击退了叛军。此后海都陆续来犯，一一被海山击退。事后，海山送床兀儿的捷报入京，元成宗非常高兴，加封床兀儿为骠骑卫上将军，命他镇守钦察部。

这一仗浇灭了海都的雄心壮志，后来海都去世，他的儿子察八儿继位。察八儿知道自己打不过元军，就与笃哇等人一起投降了元朝。从此之后，西北多年的叛乱总算是平定了。

没想到的是，西北平定没多久，南方又起了纷争。

话说之前元朝南征北战，不少的国家都向元朝称臣纳贡，其中也包括缅甸。缅甸不仅进贡宝物，还主动提出每年多进贡一些银两给元朝。没过多久缅甸内乱，叛军杀了缅甸国王以及元成宗册封的缅甸世子僧合八。缅甸国王的二儿子不得已之下，只能跑到燕京求助。

元成宗听完事情原委之后，立即派出驻守在云南的将军薛绰尔率兵讨伐缅甸叛军。很快，薛绰尔发现缅甸叛军之所以气焰嚣张，是因为其背后倚仗的是八百媳妇国。薛绰尔担心对方难以对付，便申请朝廷增兵支援。

这时候，朝廷出现了两种声音。有人认为缅甸只是一个边远小国，不值得多花兵力征讨，否则就是劳民伤财。也有人认为眼下正是元成宗展示武功、传播威名的时候，应该遣兵征讨。元成宗稍加思索，便让将军刘深率领两万远征军攻打八百媳妇国。

所谓的八百媳妇国，其实就是缅甸西边的一个小部落。传闻部落的酋长有八百个媳妇，每个媳妇占领一个寨子，因此得名八百媳妇国。

刘深率军远征的时候，正值盛暑，当地瘟疫高发，路上死了大半的士兵。而搬运军粮的征夫因一路负重翻越山谷，体力耗尽，竟然也死了几十万人。在这个节点上，刘深作为远征军的统帅却因听闻水西土官的妻子蛇节容貌美丽，就想抢占来做小妾。

水西土官当然不肯，便暗地里怂恿同为土官的宋隆济造反。宋隆济早就不满蒙古人的统治，便故意对手下说元军要让他们在脸上盖个烙印充军。宋隆济手下的士兵一听，个个都表示要造反，还推荐宋隆济当首领。

宋隆济的目的达成了，当即召集各部落的人马，攻进贵州。贵州知府张怀德奋力抵抗，却还是阵亡了。刘深收到消息马上去救急，没想到却在叛军中一眼看到了蛇节。

 ## 21. 刘国杰平叛

原来,蛇节不仅美丽绝伦,而且武艺出众,被当地人称作"红娘子"。红娘子率领一千名士兵,好巧不巧撞见了刘深。虽然刘深那边人数众多,但是红娘子熟悉水西地形,她见了刘深扭头就跑,很快就不知去向了。

刘深哪里肯放过红娘子,当即领军追了上去。元军跑到深山穷谷之中,树林里突然冒出了几千名土著兵。他们在丛林中跳来跳去,乱砍乱杀,杀死不少的元军。就在这时,宋隆济也率领大军杀到,把刘深的军队围得水泄不通。

正当刘深坐以待毙之际,镇守云南的梁王阔阔带着援兵及时赶到,救出了他。

而宋隆济不容刘深有喘息的机会,马上率军攻打贵州。刘深的军队还来不及修整,于是又吃了一场败仗。双方在贵州边界僵持了几个月,元军的军粮都吃空了,只能悻悻离去。元军在撤退的路上被宋隆济追击,一路上丢盔卸甲,又有数千人丢了性命。

元成宗收到刘深战败的消息,紧急改任刘国杰为统帅,杨赛因不花任副帅。这次,南征军集结了四川、云南、湖南各省的精兵,大有死拼一场的阵势。

组织好南征军之后,元成宗接见了缅甸叛军派来求和的使者,

这才知道薛绰尔已经撤回云南好些日子了。此时，薛绰尔的奏折也送到了燕京。薛绰尔大言不惭地说因为盛夏瘟疫盛行，加上士兵死伤无数，他才不得不撤兵云南。但是根据缅甸叛军使者的说法，薛绰尔是收了叛军的贿赂才退兵的。元成宗一气之下直接罢免了薛绰尔等将领，而刘深因为受到太傅完泽的力保才毫发无损。

突然西南又传来警报，该地区数个部落借口赋税太重，纷纷起兵造反。他们联合起来攻打那些没叛变的地区，到处烧杀抢掠。元成宗对此十分头痛，命陕西行省平章政事伊逊岱尔去平乱。

元成宗原本以为要大费周章，没想到这些人都是乌合之众，完全不堪一击。他们很快要么投降，要么逃走，不到一个月就肃清了。

而宋隆济组织的叛军却混得风生水起，在西南地区发展了一年多，又集结了几万名士兵。宋隆济看到队伍壮大，不满足于当一个小小的统帅，开始自称为王。

就在宋隆济嚣张得意的时候收到了元朝将领刘国杰前来讨伐自己的消息，难免会有些胆怯，红娘子却说自己只需要五千精兵就能把刘国杰打得丢盔卸甲。宋隆济非常高兴，直接交给红娘子一万士兵，命她做前锋，自己则率领一万士兵做后应。

红娘子跟元军正面交战时，不少元军觊觎红娘子的美貌，一时间心神大乱。而叛军个个骁勇善战，杀得失神的元军身首异处。幸得刘国杰率兵及时赶到，这批元军前锋队才没有全军覆灭。

刘国杰把士兵们呵斥了一通，勒令他们不得分心。到了第二天，元军重振气势，果然把红娘子杀退了数十里。就在红娘子狼狈逃走的时候，宋隆济的大军赶到，她又扭头和元军厮杀在一起。刘国杰见打不过，只能及时撤退。

刘国杰想出一条妙计，他让举着盾牌的士兵都往盾牌上钉钉子。等到双方交战的时候，前锋队假装逃走，把盾牌都扔在地上。士兵们摸不着脑袋,但还是照做了。

这一招成功骗倒宋隆济。他见元军败走大喜过望,让手下立即追杀上去。没想到战马踩在盾牌上,被钉子刺中马蹄,一匹接一匹重重跌倒,连带着士兵也摔倒在地。刘国杰趁此机会率兵一拥而上,把宋隆济的大军杀伤了大半。蛇节事后被擒,宋隆济逃脱。

没过多久,宋隆济的侄子宋阿重捉住宋隆济献给刘国杰,自己归顺元朝。宋隆济被就地正法,西南边陲这才安定了下来。

22. 元仁宗立储

大德十一年（1307年），元成宗因病驾崩，在位十三年，享年四十二岁。

此时新帝的人选成了难题。原因是太子德寿先于元成宗去世，而元朝历来又有不立庶子当皇帝的规定。皇后伯岳吾氏便开始垂帘听政，并安排安西王阿难答辅政。

阿难答是元世祖的庶出孙子，与元成宗是同父异母的兄弟。皇后还召来了另一名王爷明里帖木儿，私下对他说："我召见你们来京城，正是为了谁来继承帝位的事情。现在太子已经去世，爱育黎拔力八达以前窥视帝王宝座，我将他外放怀州。要是惹急海山，他一定会替弟弟出气，你们替我拿个主意吧！"

明里帖木儿与阿难答是心腹至交，答道："不如就立安西王阿难答！"皇后迟疑不定，明里帖木儿趁热打铁："安西王是皇后的叔辈分，爱育黎拔力八达是皇后的小辈。让爱育黎拔力八达登位，他不会感谢你的恩情。但要是让安西王当皇帝，他一定会知恩图报。"于是皇后决定拥立阿难答。

朝中有些大臣表示不满，他们以右丞相哈喇哈孙为首，暗中策划迎立成宗的侄子爱育黎拔力八达。皇后一派的左丞相阿忽台与亲王明里帖木儿打算杀害哈喇哈孙，但提前走漏了消息，爱育

22. 元仁宗立储

黎拔力八达暗中返回燕都,抢先发动一场政变,囚禁了皇后和安西王,拥护镇守漠北多年的哥哥海山称帝。

海山,即后来的元武宗。元武宗为了报答爱育黎拔力八达,封他为皇太子。这就是著名的"武仁受授",将皇位继承变成了私下交易,为后来的混乱埋下了祸端。

元武宗早年受过儒家文化的熏陶,继位之初十分重视文治,倡议弘扬儒家文化,要求全国上下学习儒教,追封孔子为大成至圣文宣王。但时间久了之后,元武宗变得荒淫无度起来,不仅整日沉迷酒色,还重用奸人。赤胆忠诚的阿沙不花看不下去,对元武宗的不端行为直言不讳。元武宗竟也不生气,但并未将他的话听进去,依然我行我素。

元武宗有心要将帝位传给弟弟爱育黎拔力八达,故而虽然嫔妃众多,却一直却没有册立真正的皇后,后来在大臣的一再央求

下,才册立了真哥皇后。真哥皇后没有子嗣,但元武宗有两个妃子,一个是亦乞烈氏,生下了皇子和世㻋;另一个是唐兀氏,生下了皇子图帖睦耳,两个皇子后来都做过元朝的皇帝。

至大四年(1311年),元武宗突然驾崩,在位仅有五年,他的弟弟爱育黎拔力八达继位,史称元仁宗。

元仁宗继位后,首先将朝中一班奸臣全部革职治罪,重任有才能的人为官。由于元仁宗刚刚继位,不便大肆杀戮,因此这些人暂时保住了性命。

元仁宗很看重文人,他下令让中书省制定科举考试的条例,每三年举行一次科举考试,年满二十五岁的读书人都能报名。元仁宗任用贤才齐履谦、吴澄为国子司业,让他们当国学子弟的老师。这两人都是满腹经纶的才子,教导出了不少的好学生,当时元朝的学术水平达到了顶峰。

22. 元仁宗立储

后来元仁宗出巡上都，朝廷的事务交由铁木迭儿负责。铁木迭儿因为背后有太后撑腰，很快飞黄腾达，当上了太师。铁木迭儿不仅在朝中广结党羽，把官场搞得乌烟瘴气，还忽悠元仁宗加重民间赋税，借机为自己捞油水。

铁木迭儿的一系列乱政，激起了民变。赣州土豪蔡五九被乡民推举为首领，自立称王，虽然很快被平定，但铁木迭儿搜刮民脂民膏的行为却再也捂不住了。

朝中大臣非常愤怒，有四十多个人联合上疏元仁宗弹劾铁木迭儿。元仁宗看了奏折勃然大怒，立即下令逮捕铁木迭儿。可铁木迭儿却跑到太后宫中藏了起来。太后当着元仁宗的面，声泪俱下地袒护铁木迭儿，说他因为位高权重才遭人妒忌。元仁宗见了心中不忍，只是罢免了铁木迭儿的右丞相一职，并未做出过多处罚。

延祐七年（1320年），元仁宗驾崩。仁宗在世时原本想立成宗的儿子和世㻋当太子，被铁木迭儿劝止。

铁木迭儿拿出了宋朝的例子："宋太宗舍弃侄儿立了儿子，后世没有什么非议。宋朝开国，都是宋太祖的威德，宋太宗没有什么功劳，哪能比得上皇帝您呢？宋太宗没有遵照金匮（guì）之盟，立了自己的儿子，最后还不是相安无事，如今您功德盖世，难道皇侄还能越过您的安排图谋皇位吗？"

元仁宗有所触动，铁木迭儿接着说："您当然可以让皇侄继位，只是如此一来，后面的皇帝都要遵循成例，恐怕今后的皇嗣不能长久安定。"

元仁宗忍不住问："你说放弃太子，拥立侄子不能相安，难不成他们要争夺帝位？"

铁木迭儿连连点头："正如圣上所说，自古帝王，哪能以一己私欲破坏规则！儿子和侄子都能当储君，那就少不了骨肉相残的

祸端。您观想大元开国时，君位相传不是由父及子，才有海都争夺皇位之乱，历经三任皇帝，战乱数十年，至今还不见完全安定。陛下为什么不将规矩定好，免得后代你争我夺呢？"

元仁宗仿佛豁然开朗："贤卿说得对，容朕思考思考。"于是又询问另一名重臣失烈门。失烈门本来就与铁木迭儿一伙，一阵迷魂汤灌得元仁宗定下主意，立皇子硕德八剌为皇储，改封和世㻋为周王。

和世㻋在云南听闻仁宗新立储君，极为不满，召集一干臣子家奴商议。有人提议："天下本来是您父亲武宗的江山，圣上受到奸臣蒙蔽，才会出此下策。眼下应该召集忠于皇室的重臣，起兵清君侧，让皇帝收回成命。"

和世㻋联络陕西镇守，准备起兵进京。平章政事塔察儿听到和世㻋的计划，心惊胆战，但装作若无其事，拜别和世㻋后，立马去搬援兵去了。

塔察儿集合了忠于朝廷的士兵，将兵器藏在辎重车中，与和世㻋会合。和世㻋的谋士还在夸赞塔察儿能干，突然听塔察儿一声令下，士兵纷纷拿起兵器，将谋反之人当场格杀。和世㻋眼见不对，一溜烟跑到察合台汗国避风头去了。

和世㻋发兵反叛被镇压，元仁宗还以为铁木迭儿料事如神，又册封他为太子太师。仁宗驾崩后，太皇太后趁太子硕德八剌沉浸在哀伤之中，宣旨立铁木迭儿为右丞相。于是铁木迭儿再次得掌大权。

元仁宗死后，太子继位，史称元英宗。英宗前期还对铁木迭儿的行为睁一只眼闭一只眼，慢慢地便不再对铁木迭儿和太皇太后有好脸色。时间一长，太皇太后因此得了心病，整日卧病在床。铁木迭儿也心生不满，竟和其他大臣谋划刺杀英宗。

22. 元仁宗立储

谁知这一密谋被木华黎的后裔拜住获知。拜住五岁丧父,由母亲一手带大。拜住的母亲教子严格,容不得一点错误,拜住在这样的教育中长大,成了一位智慧正直的人杰。他从一个小小宿卫长做起,一步步积累了声望。

元英宗尚未继位前,就听说了拜住的英名,想要一见。拜住却托人说:"我是陛下的卫兵,您是陛下的太子,我不能私自与您来往。"元英宗对这样的态度非常欣赏,没有再强求他。继位后,元英宗提拔了拜住,让他秘密探查朝中的奸党。

拜住将刺杀一事告诉了元英宗。元英宗打算将这些乱党一网打尽,便安排出宫祭祀太祖庙,祭祀前三天先沐浴吃斋。他还册封拜住为左丞相。

乱党们计划趁元英宗出宫沐浴的时候,派刺客杀死他。他们找到铁木迭儿商量,铁木迭儿却不肯插手,反而置身事外。

拜住马上行动起来，他召集一千名精兵，没多久就把几个乱党统统抓了起来。元英宗担心他们牵扯出太皇太后，自己不好处理，干脆把他们就地正法。

这些乱党被抄家之后，家里的金银财宝分成两半，一半上交给国家，一半赏赐给大臣。铁木迭儿不但没受牵连，反而凭借太师的身份得到很多赏赐。自此之后，铁木迭儿及其党羽暂时收敛，元朝的风气好了很多。

23. 元英宗被刺

在行刺元英宗一案中,拜住及时擒获乱党立下大功,受到元英宗的重用。太师铁木迭儿眼看着自己的权力旁落,十分不甘心,数次设计陷害拜住。但拜住行事光明磊落,铁木迭儿始终无法得逞,一气之下病倒了,不久一命呜呼。十一二日之后,太皇太后竟也因病去世。

这时候,终于有人站出来弹劾铁木迭儿祸国殃民,在奏折上细数他的罪行。元英宗看了之后,下令剥夺铁木迭儿的一切封号,并且把他的家产查抄得干干净净。

在仁宗时期,因为太后与铁木迭儿的袒护,佛教的势力越来越大,遭到正直的大臣多次反对。

如今两大靠山都倒下了,铁木迭儿的党羽连同西域番僧十分担心自身安危,又打算故技重施,在元英宗出猎的时候刺杀他。御史大夫铁失是谋杀的主使,他本是铁木迭儿的走狗,谄媚地认其为义父。元英宗剥夺了铁木迭儿的官职,连累铁失父子一同失势,他们于是无时无刻不想着干掉现任皇帝,永绝后患。

铁失密召同党,一同商讨。有人问:"除去了这个皇帝,接下来要立谁呢?"

铁失狞笑:"我早已联系了晋王府的倒剌沙,让他去试探晋王的态度了。"

晋王又是谁？正是当年元世祖忽必烈太子真金的长孙也孙铁木儿。当年他的父亲甘麻剌抵御海都，被封在漠北，世代镇守。他本不想继位，囚禁了铁失派来的说客，却没想到，铁失的刺客已经动手了。

上都郊外有一处南坡，元英宗每次经过，都要在此留宿暂住。铁失的刺客支开了他人，拜住服侍皇帝安顿，正要睡去，却听到外面闹哄哄的，于是拿着蜡烛出帐一探，只见铁失的兄弟索诺木拿着明晃晃的钢刀奔来。

拜住厉声问："你们要做什么？"索诺木手起刀落，斩断拜住臂膀，随后乱刀齐下。铁失闯进元英宗帐篷，挥刀将他杀死。

元英宗少年继位，死时年仅二十一岁，在位仅仅三年。元英宗天资聪颖，对违背法纪的奸臣绝不容情，却死于刺客之手。

23. 元英宗被刺

元英宗死后,这群乱臣贼子拥护坐镇漠北的晋王也孙铁木儿称帝,强行将他扶上了帝位。这群人自以为有拥立之功,开始在燕京城里为非作歹。

而乱党发现新帝不受控制之时,又起了谋反的心思。新帝也担心自己步元英宗的后尘,干脆先下手为强,派人把乱党一个不漏地抓了起来,逼迫他们在元英宗的灵位前以死谢罪。新帝把乱党全部铲除之后,次年改元,史称泰定帝。

元朝历来有信奉佛教的传统,泰定帝继位之后更加推崇佛教。他动用大量国库资金,在全国各地修建寺庙、佛像,装饰得金碧辉煌。除此之外,寺庙的住持、僧人也得到不少的奖赏。每有天灾人祸的时候,僧人们便会奉旨朝佛,乞求上天的宽恕。泰定帝认为只要诚心向佛,一切事情自然会迎刃而解。

就在这时,全国各地天灾频发,如扬州路的海啸、杭州的水灾、河南的旱灾、河间的蝗灾等。泰定帝十分迷信,一味地让高僧早上诵经、晚上敲钟,乞求神明庇佑苍生。眼见没有任何成效,泰定帝决定改年号为致和;又下令在沿海各地修建了两百多座浮屠,盼望以此来镇压海啸。

为了专心礼佛,泰定帝甚至放弃了祭祖大典,一心一意投身寺庙。僧人们趁机劝说泰定帝接受无量寿佛戒律,以便于为其增加寿命,泰定帝立即答应了。

等到受戒那天,帝师穿着红衣,戴着毘(pí)卢帽,手上不停地摇动金铃,口中念念有词。接着帝师引导泰定帝来到神坛前面跪拜受戒,佛殿内外一时挤满了观看热闹的人。

泰定帝认为有佛法的加持,自己也添福添寿了,便整日沉迷于打猎和酒色。可没过几个月泰定帝便驾崩了,享年三十六岁。

此时，太子阿速吉八尚且年幼，宰相倒剌沙以此为借口独揽政权，迟迟不让太子登基。枢密院主事燕帖木儿不乐意了，他并不满意太子，打算迎接怀王图帖睦耳当皇帝。

燕帖木儿来头不小，他的父亲是统领钦察的床兀儿，当年与元武宗海山一同大战海都，打得海都丢盔弃甲，可谓是元武宗朝数一数二的猛将。燕帖木儿少时就随父亲四处征讨，父亲死后又承袭了职位，元武宗很喜欢他。

怀王是元武宗的二儿子，而燕帖木儿又曾经受元武宗器重。眼见时机成熟，燕帖木儿便想报恩。

倒剌沙一行刺杀元英宗，迎立泰定帝后，弹劾怀王，造谣其有意谋反，泰定帝深信不疑，直接把怀王贬到偏远的江陵。泰定帝驾崩后，燕帖木儿就开始了动作。

他先是与西安王阿剌忒纳失里商议："泰定帝已然驾崩，太子年幼，需要找个长君稳定朝纲。要说现在最为正统的皇嗣，正是武宗的儿子！英宗皇帝不合法统，泰定皇帝更是出于旁支，此刻应该正本清源，王爷认为怎么样？"

西安王说："正该如此！可周王和世㻋远在漠北察合台部，怎么回得来？"

燕帖木儿说出心中盘算："怀王就在江陵，不如让怀王先入燕都继位，安定人心，然后再请会周王，大不了再做一次武宗和仁宗的事情。"

西安王又说："上都让我收回各级官员的印信，我分不开身。"

燕帖木儿说："王爷不必为这些细枝末节分心，只要有足够的勇士，没有什么办不到的！"

说服了西安王后，燕帖木儿带着上百勇士，冲进朝廷议事之地。平章政事，也就是担任宰相的乌都伯剌正在将大小官员的印章收缴一块,免得有人不听政令,见到燕帖木儿闯入,厉声责问:"你要做什么?"

燕帖木儿提刀喝道:"皇帝之位,怎可一误再误!武宗皇帝有两个皇子,如今正是拨乱反正,将正统交还武宗子嗣的时候了!"说完让手下将一众宰相高官拿下,快马加鞭,让伯颜去请怀王图帖睦耳来京继承帝位。这位伯颜与元世祖忽必烈的重臣老伯颜同名,也是个允文允武的人才。

而在燕都那边,倒剌沙听说朝廷中有大臣暗通燕帖木儿,打算立怀王上位,派人将这些内应一网打尽,又拜见景泰帝皇后,拥立皇太子阿速吉八为帝,改元天顺。小皇帝不过是个九岁的孩儿,朝中一切大事都交给了倒剌沙。

倒剌沙知道燕帖木儿能征善战,召集梁王王禅等王爷入京。真巧这时戍守阿速卫的指挥使脱脱木儿从上都返回,就驻守在燕京不远处的古北口。脱脱木儿早就与燕帖木儿拧结成一伙,见到倒剌沙召集各路王侯,不等他们集合,击溃了最先到达的前锋。

燕帖木儿前去河南迎接怀王,听闻支持小皇帝的梁王率军前来,与脱脱木儿合并一处,与梁王大战数场。梁王麾下不乏勇士,燕帖木儿虽然是久征沙场的宿将,也只是斗了个不分上下。

燕帖木儿心生一计,挑选了一批夜袭的勇士,又派出几支部队分散各处,趁着大雾的天气吹响号角。梁王听到号角大作,以为是燕帖木儿又有了援军,顿时军心动荡。燕帖木儿趁机发动夜袭,敌军不知来了多少人马,个个肝胆俱裂,四处逃窜。

击败了实力最强的梁王,接下来进京的各路王侯,都被燕帖木儿一一击退。燕帖木儿迎接怀王进京,人群纷纷对他下拜。怀王亲手赐予他"太平王"黄金官印,君臣同乐。

倒剌沙听说燕帖木儿进京,惶恐不已。情急之下,他将传国玉玺秘密送给另一位王爷齐王，希望齐王能来主持大局。齐王阐明听从新立的怀王，倒剌沙一计不成，竟派人刺杀齐王，被卫士拦下。齐王大怒，令军队攻打倒剌沙，俘虏了他。齐王冲进皇宫，小皇帝阿速吉八不知所终。

于是齐王将新帝迎入皇宫，交还玉玺等传国重宝，与燕帖木儿一行功臣上表恭贺。新帝封赏群臣，燕帖木儿位列首功，又将公主嫁给他。燕帖木儿大权在握，只在皇帝一人之下。

 24. 元宗室内斗

怀王称帝之后,派人去漠北迎接自己的兄长周王和世琜进都,表示自己愿意将皇位让给他。

之前周王人在漠北,距离都城路程遥远,才没有成为燕帖木儿的首选。而怀王称帝的消息传到漠北,周王身边的臣子坐不住了,纷纷劝说周王继位。

周王虽然心里蠢蠢欲动,但是碍于怀王已经称帝,一时犹豫不定。周王的臣子们拿出元仁宗的例子,说元仁宗平定叛乱功高盖主,依然是等元武宗驾崩后自己才继位。周王听了之后,心里的顾虑烟消云散,打算自己登基后再立弟弟怀王为皇太子。

周王在群臣的鼓吹下,于天历二年(1329年)在漠北举行登基大典,史称元明宗。怀王得知周王称帝后,派出燕帖木儿带着玉玺前往漠北,随行的还有一班朝廷大臣。怀王又让人带上数千两黄金白银和锦缎,以供明宗赏赐之用。人人称赞怀王,说他谦虚礼让。

元明宗得到玉玺之后,马上封燕帖木儿为太师。于是元明宗一行启程进京,不久到了王忽察都,皇太子早已率领群臣在此迎候。明宗召见皇太子等人,大摆宴席,接连庆祝多日。宴会之后,皇太子与燕帖木儿密谈一夜,不知说了些什么。

群臣们又让元明宗设立太子,三日之后,元明宗才决定立怀王

为皇太子。没想到的是一天早上,皇后八不沙起床时发现元明宗竟七窍流血身亡。当时的人都说,是怀王伙同燕帖木儿毒杀了元明宗。

燕帖木儿简单处理了元明宗的后事,又顺理成章地扶持皇太子为皇帝,史称元文宗。元文宗继位后,追封燕帖木儿家族三代为王,还让史官记下燕帖木儿的功绩,刻在燕京城外的一座石碑上。

元文宗继位后,十分纵容燕帖木儿等人,任由朝廷被一班权贵大臣搅得乌烟瘴气。自从毒杀了兄弟后,他时常疑神疑鬼,变得十分迷信,立的太子又时常胡言乱语,仿佛是魂灵附身,没到成年就早早夭折。

元文宗担心次子也会夭亡,于是为燕帖木儿盖了祠堂,让燕帖木儿收养了二皇子,改名为燕帖古思。在位五年后,元文宗病亡,年仅二十九岁。

元文宗临终前告诉皇后卜答失里,扶立元明宗的次子、七岁的

24. 元宗室内斗

鄜（fū）王懿璘质班继承帝位。燕帖木儿很是惊讶，但也不好说什么，于是召集诸王齐聚京师，为鄜王举行登基大典，这就是元宁宗。

这位小皇帝在位不过一个半月就暴毙身亡。立谁为帝，又成了一个大问题。

元明宗生前最为宠幸的两位重臣，一个是去南方接他入京的伯颜，另一个自然是扫清障碍迎他上位的燕帖木儿，两人此时都已是权臣。

燕帖木儿问元文宗皇后："眼下应该立燕帖古思为帝，请太后早日决定。"

元文宗皇后一再推辞，说燕帖古思太过年幼，应该立其他长君。

燕帖木儿急了："眼下哪里还有长君？"

元文宗皇后说："明宗还有一个长子妥懽帖睦尔，之前因为父子不和被赶到了静江，可以迎立他为皇帝，等他也不在了，再立燕

帖古思吧！"

燕帖木儿摇头："人心难料，太后对皇侄这般好，他将来未必会顾念太后恩情。"但元文宗皇后不为所动。

在元文宗皇后的坚持下，元明宗的长子妥懽帖睦尔继位，史称元顺帝。

元顺帝继位之后，天下并不太平，天灾和人祸接踵而至。这头黄河闹水灾，淹了不少的民房；那边两淮闹旱灾、地震，连大山都崩裂了。更离谱的是，汴梁竟下起了红色的血雨。过了几个月，又下起了白色的毛毛雨，像一根根线一样落在地上。此后，瘟疫、地震等事件接连不断。

百姓都觉得这些天灾是不祥的征兆，民心开始动荡起来。元顺帝听闻后，只懂得拜佛大赦，却没颁布一个具体的治理政策。随着时间过去，元顺帝觉得治政无趣，打算外出去狩猎。此举遭到了众位大臣的联名反对，他们认为百姓正处于水深火热的状态，皇帝不应该在这种时候外出游玩。

元顺帝本来兴致高涨，被群臣一番劝说之后也只好作罢。

此时，燕帖木儿早已去世，左丞相撒敦也病逝了，朝中政权由右丞相伯颜独揽。御史大夫唐其势心中不平，他身为燕帖木儿的儿子，认为天下都是自己家的，不甘心政权落到外人的手上。

唐其势特意写了封信给句容郡王答里，劝他起兵谋反，肃清朝政。句容郡王和亲王晃火帖木儿关系好，又笼络他一起谋反。这三人谈妥之后，约定起兵反叛，内外夹击。

郯（tán）王彻彻秃看穿了他们的阴谋，率先向元顺帝举报。元顺帝找到伯颜，让他私底下做好防备。

没多久，唐其势在东郊设下埋伏，率领勇士突进宫门，正在得意扬扬，以为出其不意，马到成功，不料一声呼哨，卫兵从四面涌出。

24. 元宗室内斗

伯颜亲自提兵,大刀阔斧劈头盖脸地打下来。

唐其势被人团团围住,而句容郡王等人尚未赶到,他只能束手就擒,被护卫东拉西扯地带进宫中。

唐其势的弟弟塔刺海埋伏在郊外,不清楚宫中情况,看见伯颜走出来,还气势汹汹地率兵冲上前去。伯颜的精兵从两侧跳出来,活捉了塔刺海。在伯颜的强烈抨击下,元顺帝命人直接将这两人就地正法。

塔刺海贪生怕死,竟然逃到皇后的座位底下躲着。塔刺海是皇后的亲弟弟,皇后不忍心看到他被杀,竟拉扯裙子遮挡住弟弟。伯颜看见了,上奏说皇后在众目睽睽之下袒护塔刺海,说明他们是同党,要求元顺帝大义灭亲。元顺帝十分喜爱这位皇后,但事已至此,不得不含泪赐死美人。

# 25. 伯颜废除科举

伯颜做事雷厉风行，很快便把句容郡王等乱党一举歼灭，为朝廷平息了一场大患。元顺帝从此更加宠信伯颜，让他担任中书右丞相，与之前燕帖木儿一般尊荣。

伯颜自诩功名显赫，竟也开始变得肆无忌惮，随心所欲地干扰朝政。他任用了不少自己的亲信当官，其中就提拔了彻里帖木儿担任中书平章政事。彻里帖木儿这人可了不得，一上任便提出一个震惊朝堂上下的建议：废除科举制度。

原来，彻里帖木儿之前在江浙当平章的时候，刚好主持了一场科举考试。各个地区都需要调动和分配考官，十分费心费神，把彻里帖木儿累得够呛。彻里帖木儿升官之后就想废除考试，把学校改成农田种粮食。

消息一出，御史吕思诚等人联名上奏弹劾彻里帖木儿，斥责他的行为是在倒行逆施。可是他们的奏折交上去之后，却如同石沉大海一般。元顺帝不但不制止彻里帖木儿的行为，反而把吕思诚贬到广西担任佥事。

联名上疏的人都愤愤不平，一个接着一个辞职。参政许有壬听说废除科举制度的圣旨已经写好，只等加盖玉玺了，急忙去拜见伯颜，劝说他为元朝留住人才。伯颜却认为科举制度的存在是给那些

25. 伯颜废除科举

大富大贵的人家提供一个买官的渠道。伯颜还认为，即便是正常考取功名的读书人，也没有几个人能为朝廷做出贡献。

幸好许有壬参政多年，一张巧嘴能言善辩。他马上说道，科举是为有志之士提供一个报效国家的渠道，好让他们施展才华。至于那些有才无能，或者无才无能的读书人，自然会被朝廷淘汰。

伯颜思索一番，觉得许有壬说得有些道理。但是事情已经进行了一半，他也不想从中掺和，便客气地送走了许有壬。等许有壬一走，伯颜的脸色瞬间变了。他认为许有壬是在故意跟自己作对，因此想寻机当着众人的面来羞辱他。

等到了第二天，伯颜拿着加盖了玉玺的诏书来到百官面前，指名让许有壬在众人面前宣读。许有壬从伯颜手里接过诏书，打开一看，心中顿时掀起惊天骇浪——诏书上赫然写着废除科举制度！

许有壬这时就像赶鸭子上架，只好勉强读完诏书。他抬眼一看，

见写过联名信的大臣纷纷脸色发青地盯着自己。许有壬本来是前去请求伯颜撤除命令的，结果不仅没有成功阻止，反而被对方摆了一道。没想到自己一片赤诚，最后竟落得如此尴尬的境地。至此之后，许有壬只好频繁称病不上朝。

此时，天象又变得反复无常。元顺帝担心这些异象是江山不稳固的前兆，便打算改年号为至元，受到右丞相伯颜的支持。元朝自创建以来，在位最久的就是元世祖，而元世祖的年号就是至元。元顺帝此举便是为了借助先祖的盛名，长自己的志气。

这件事传到群臣的耳朵里，他们都对此议论纷纷。这些大臣讨论了大半天，最后决定推举御史李好文上奏进言。奏折的大意是今时已经不同往日，如果只改年号，不颁布合适的政策，恐怕对解决眼下的危局也无济于事。

李好文正提笔写奏折，突然外面有人进来说改元的圣旨已经颁布了。李好文失声笑了，仍然提笔接着往下写，写出了十多条当下的政务弊端，指出与世祖时代相比相去甚远。写完之后，李好文用楷书抄写了一遍才呈给元顺帝，结果并没有收到任何回音。

26. 伯颜失宠

元顺帝改元之后顿觉心情舒畅不少,也更加宠信重用伯颜了,时不时赏赐给他奇珍异宝、田户地产,并册封他为"塔刺罕",子孙世袭,甚至还封他的弟弟马扎尔台为王。

马扎尔台曾经辅佐元武宗和元仁宗,为人生性耿直、兢兢业业,跟伯颜的行事风格截然相反。马扎尔台此时正担任着枢密院主事,得知元顺帝有意封自己为王,竟然入朝谢绝。

元顺帝摸不着头脑,询问为什么。马扎尔台解释道,他的哥哥伯颜已经是秦王,自己不能再封王,否则两兄弟容易被人误认为拥兵自重。元顺帝没有办法,又封马扎尔台为太保,并安排他镇守北方。

马扎尔台只好遵从。到了北方之后,他开仓济民、轻徭薄赋,深受百姓的喜爱。与此同时,伯颜在燕京却是横行霸道,肆意变更国法,惹得朝野人人怨声载道。马扎尔台好几次写信劝说哥哥,都没见什么成效。

当时,广东有一个叫朱光卿的人聚众造反,自称为王,建立大金国。河南地区的土匪闻风而动,也趁机烧杀抢掠。消息传到朝廷,群臣十分震惊。好在朝廷及时派人讨伐乱党,这才制止了动乱的蔓延,并收获了旗帜、金印等物件。

伯颜将缴获的物件上报朝廷,还特意强调造反的主谋都是汉人,

请求元顺帝向汉人官员问明情况。彼时,许有壬也在一旁。他听到伯颜的这番话之后,知道对方不怀好意,马上站了出来。

许有壬直言道,那些乱党的反叛行为已经显而易见,又何必再询问,只要派人前去把他们全部歼灭就行了。元顺帝听了之后非常满意,让许有壬等汉官留意拘捕叛党。一旁的伯颜却不高兴了,他原本以为可以趁此机会铲除一些汉人官员,没想到许有壬此举反而为他们洗清了嫌疑。

元朝这头刚派人镇压广东、河南动乱,那头又听闻四川有人造反。原来是一个叫韩法师的人聚众效仿广东的叛乱,自封为南朝越王,还四处骚扰官民。元朝急忙救火,派出精兵打压。将士们也不负众望,很快便平息了这场风波。

四川的战况上报到朝廷,伯颜发现叛军中姓张、王、刘、李、赵的人占了绝大多数。他大喜过望,马上找到元顺帝,提出把这五姓的汉人全部杀掉。元顺帝否决了伯颜的提议,他认为造反的人只是小部分,其余人都是良民,不能以偏概全。伯颜碰了一鼻子灰,怏怏地退朝了。

转眼到了至元四年(1338年),国内常有叛乱、异象发生,但随后也慢慢平息了。元顺帝认为这些都是伯颜的功劳,为他大修祠堂,还封他为大丞相。伯颜趁机培养了一批精兵,安排亲信燕者不花管理。

伯颜不仅建立自己的军队,连日常出行都弄得声势浩大,侍卫们左拥右护,一路上欢呼喝彩,场面比元顺帝出行还热闹。渐渐地,元顺帝感觉到了威胁,开始提防起伯颜,转而宠信其他人。

伯颜发现郯王彻彻秃深受元顺帝的宠信,便心生芥蒂,诬陷郯王暗地里密谋造反。元顺帝却不以为意,他认为唐其势造反的时候,要不是郯王提前告发,自己都不一定能保全性命。因此,元顺帝并

26. 伯颜失宠

没有理会伯颜的奏章。

到了第二天,伯颜再次入朝面圣,并称宣让王帖木儿不花和威顺王宽彻普化二人也参与了造反,请求元顺帝驱逐他们。元顺帝听出伯颜的证词都是捕风捉影,没有回答他。看到伯颜一声不吭地走出宫外,元顺帝以为他会就此收手,便没有把这件事放在心上,

谁都没有想到的是,伯颜竟然胆大包天地伪造了一道圣旨。

27. 脱脱斗伯颜

伯颜屡次诬陷几位亲王，为的就是独揽大权。当他在元顺帝面前屡次碰壁后，并没有偃旗息鼓，反而私底下召集党羽，密谋伪造圣旨！

伯颜派人拿着伪造好的圣旨闯入郯王府邸，二话不说把郯王五花大绑捆了起来，一刀砍下去，令他人头落地。紧接着，伯颜又伪传皇命，要求宣让王和威顺王马上离京，不得耽误。

等事情传到元顺帝耳朵里的时候，郯王的尸骨已经凉透，宣让王和威顺王也早已离京多时。元顺帝勃然大怒，要治伯颜的罪。但奈何伯颜位高权重，手里还掌握着一支精兵，元顺帝担心自己一着不慎，有可能帝位不保，只能忍耐着，慢慢寻找时机。

没想到的是，最终将伯颜正法的不是元顺帝，而是他的侄子脱脱。

脱脱是马扎尔台的长子，继承了父亲的优良品德。先前唐其势造反，脱脱曾率军讨伐乱党，因此获得升迁，当上了金紫光禄大夫。伯颜注意到自己这个声名赫赫的侄子，打算让他进宫当侍卫，作为自己的眼线监视元顺帝。为了避嫌，伯颜还安排了几个人和脱脱一起进宫。

后来脱脱见伯颜独揽大权，行事愈加张狂，不免担忧起来。他

27. 脱脱斗伯颜

偷偷对父亲马扎尔台说:"伯父如此肆意妄为,哪天皇帝怪罪下来,我们整个家族恐怕就要灭亡了。"对此,马扎尔台也无计可施,只能嘱咐脱脱未雨绸缪(chóu móu)。

一天,脱脱看到元顺帝对着奏折眉头紧皱,便站出来说自己可以为君主分忧,为国家解难。元顺帝一开始不信任脱脱,他找来自己的心腹阿鲁和世杰班,跟他们谈起脱脱,让他们平时多留意这个人。

阿鲁和世杰班自此常与脱脱往来。三人每当聊到为国尽责、为君主尽忠之事的时候,脱脱总是披肝沥胆地诉说自己胸中的大义,激动的时候甚至会痛哭流涕,说得其他两人钦佩不已。他们于是报告元顺帝,说脱脱是个难得的忠臣。

就在这个时候,发生了伯颜迫害亲王一事。元顺帝心里烦闷,整日在宫中长吁短叹。脱脱跪在地上,主动提出要为元顺帝分忧。元顺帝看到脱脱如此真诚,这才把伯颜伪造圣旨等卑劣行径一一道出。

脱脱一边听,一边忍不住流下两行热泪。他找到自己儿时的启蒙老师吴直方,询问他的意见。吴直方得知脱脱和元顺帝交谈时旁边站着阿鲁和脱脱木儿,担心这两人被伯颜收买,吴直方思索了一阵,跟脱脱说了一条妙计。

脱脱一出门,马上去邀请阿鲁和脱脱木儿来自己家里喝酒,把他们灌得烂醉,自己则找借口先行离开。脱脱来找世杰班,跟他商量在宫外设下埋伏,等明天早朝的时候捉拿伯颜。

没想到的是,天还没天亮的时候,伯颜就召见脱脱,质问他为什么在皇宫内外增兵。脱脱强装镇定,借口盗贼兴起,这是为了保护皇宫财产。伯颜非常不满脱脱没有事先报备,把他呵斥了一通。

脱脱担心事情败露,赶紧通知世杰班暂缓行动。等到了上朝的

时候,伯颜果然带着护卫前来,俨然一副戒备森严的样子。退朝之后,伯颜又上疏元顺帝,邀请他外出打猎。元顺帝十分为难,便召来脱脱商议。

此时,脱脱和阿鲁、脱脱木儿已经结拜为兄弟,发誓共同报国,便带着他们一起进宫。脱脱看了伯颜的奏折之后劝说元顺帝不要出行,但话还没说完,宫人又呈上了一道奏折,竟是伯颜催促元顺帝尽快出行。

脱脱思索一番后,想到一个两全之计——让太子代替元顺帝出行,同时要求伯颜负责保护好太子。伯颜接到圣旨之后十分不高兴,但是圣旨已经下发,又不能不去。琢磨了半天,他竟然想出一条废除元顺帝的计策。

28. 元顺帝独揽大权

原来伯颜打算在打猎的时候挟持太子，然后号召各路兵马围困京都，废除元顺帝。计划已定，伯颜便虚情假意地邀请太子出行。太子即元文宗的次子燕帖古思，后来过继给了燕帖木儿做养子，得以顺利长大。元顺帝继位的时候，听从太后的懿旨，立燕帖古思为太子。

等伯颜带着太子离开京城之后，脱脱便和阿鲁等人行动起来。他们先是把所有城门的钥匙都收了起来，又安排手下埋伏在城门附近。做好这些准备之后，脱脱一边安排都指挥使月可察儿到猎场接回太子，一边让杨瑀、范汇等人写下诏书，详细数落伯颜的罪名。

猎场离京城很近，不过几十里路程，半天就可以往返。月可察儿很快接回了太子，此时还是半夜，伯颜睡得正香，浑然不觉周围情况。等他醒来之后，看到平章政事只儿瓦歹正拿着圣旨宣读，皇上下令要把他贬为河南行省左丞相。伯颜不肯接旨，气冲冲地带人赶回京城。

彼时天空刚翻出鱼肚白，伯颜看见脱脱端坐在城墙上，他瞠目欲裂，叫嚷着要脱脱打开城门。脱脱起身劝说伯颜就此收手，遵从圣旨去河南赴任，说完之后便下了城门，留下窝了一肚子火的伯颜。

等到伯颜回过头来看，发现侍从们散的散、逃的逃，剩余的人

不超过一小半。伯颜见大势已去，只能骑马灰溜溜地离开京城。伯颜还没走到河南，又接到一道圣旨，命令他转道南恩州阳春县，以示加重惩罚。

阳春县地远人稀，属于蛮荒之地。伯颜一下子从繁华的京城来到穷乡僻壤，身边连个服侍的人都没有，心里一落千丈。走到江西隆兴驿站的时候，伯颜生了场大病，躺在土炕上整日呻吟。而驿站的官员为人势利，对伯颜冷嘲热讽的，竟把伯颜活生生气死了。

伯颜一死，元顺帝终于出了一口恶气。他马上让马扎尔台回到京城，册封他为太师兼右丞相。但是马扎尔台推辞不就，元顺帝只好准奏，另封脱脱为右丞相。

元顺帝铲除了伯颜这根眼中钉，心情十分舒畅，但他身边仍然整日围着一群曲意逢迎的小人，元顺帝常常被他们的一番话说得不辨是非，做出错误的决定。

28. 元顺帝独揽大权

现如今，太子同元顺帝起了一些冲突，这些臣子便添油加醋地数落起太子的是非，还怂恿元顺帝废黜（chù）太子。元顺帝被这些人你一句我一句地劝说，没跟脱脱商议便突然昭告天下，宣布废黜一事。

圣旨一下，群臣皆为哗然。他们推选出脱脱为代表，让他劝说元顺帝收回成命。奈何元顺帝被一些别有用心的言论荼毒已深，根本听不进去忠臣的谏言。

元顺帝不仅废黜太子，还把太子和太后逐出皇宫。出宫前，太子和太后被迫分离。不久，太后病死在榻上，年幼的太子也被活生生打死。

铲除了伯颜和太后之后，元顺帝独揽大权，再也没有人能左右他。一开始，元顺帝励精图治，重视国民的文化教育，任用贤人为官，还专门让脱脱负责修订辽、金、宋三朝历史。

脱脱也不负所托,他不光善于理政,也是元顺帝的近臣。元顺帝的原配皇后是钦察氏,因为兄弟谋反,被赐了毒酒而死。元顺帝又立弘吉剌氏为皇后,生了一个皇子,但两岁就夭折了。

在这期间,有臣子献上了一名高丽宫女奇完者忽都,她秀外慧中,擅长揣测元顺帝的心意。她还擅长烹饪茶饮,元顺帝很喜欢她,引起了弘吉剌氏的嫉妒,元顺帝在典籍中找到先帝前例,将奇氏提为并立的皇后,位在弘吉剌氏之下。

奇氏很快就诞生了一个皇子爱猷(yóu)识理达腊,元顺帝很是怜爱,无论到哪里都带着他这个孩子,并且让他拜脱脱为师,接受脱脱的教育。脱脱很是看重这个皇子,听闻皇子病了,都要亲手熬药,品尝后再给他服用。

一次元顺帝巡游上都时,脱脱和皇子都随行左右。路过云州时,天降暴雨,洪水暴发,皇家车队的车马都被冲走。元顺帝独自逃命,爬到高处,才看到皇子的马车还在水里。只见脱脱冲向车驾,抱起皇子,光着脚跑到高处,将孩子递给元顺帝。元顺帝非常感动,抱着皇子,对脱脱说:"多亏有你这样的贤臣,朕一定记在心中!"

除了脱脱外,朝廷中还有一位贤臣,他本是汉人,原名贺惟一,为人刚直不阿。伯颜执政时,汉臣多受排挤,等到脱脱上台,汉臣得到重用。元顺帝破例提拔他,又赐给他国姓"孛儿只斤",改名太平。两人同心协力,一武一文,如同两匹骏马,并辔而行。

但是慢慢地,元顺帝开始懈怠起来,甚至听了奸臣的谗言冷落脱脱。

事情要从元顺帝任用别儿怯不花当左丞相开始说起。别儿怯不花跟脱脱不和,经常与脱脱互有摩擦。时间久了,脱脱心里不舒坦,加上他也患病在身,便多次上奏请求辞官,但是元顺帝不答应。

元顺帝的朝廷中,有一对兄弟:哈麻与雪雪。哈麻擅长交际,

28. 元顺帝独揽大权

八面玲珑，却是个口蜜腹剑的小人。他经常在脱脱前，为脱脱鸣不平。脱脱还以为他是个好人，多次帮助他。但他却在背后对元顺帝进脱脱的谗言，让元顺帝对脱脱愈加厌恶起来。

脱脱辞官十七次之后，元顺帝这才重视起来，问脱脱离任后有谁能代替他，脱脱便推荐了阿鲁图。

阿鲁图是元太祖时期的大功臣博尔术的后代，曾经做过枢密院主事。阿鲁图担任右丞相之后，别儿怯不花经常邀请他一起出游，两人看起来关系十分亲密。其实，别儿怯不花别有用心。他想要加害脱脱，于是有意拉拢阿鲁图做帮手。可让别儿怯不花没想到的是，阿鲁图义正词严地拒绝了自己。

29. 贾鲁治水

别儿怯不花恼羞成怒,私底下让人弹劾阿鲁图。阿鲁图得知后,直接辞职离京。元顺帝也不挽留,竟升任别儿怯不花为右丞相,左丞相则由铁木儿塔识担任。

这下可好,别儿怯不花更加有底气排挤脱脱,还诬陷马扎尔台有谋反的心思。元顺帝一开始不相信,后来又听信身边小人的谗言,把马扎尔台流放到西宁州。

脱脱担心父亲安危,申请与父亲同行。马扎尔台已经老态龙钟,幸亏有儿子脱脱一路上贴心照顾,嘘寒问暖,最后终于平安抵达西宁。但这不是别儿怯不花想看到的,他又怂恿元顺帝下诏,把马扎尔台流放到更为偏远的西域,一个叫作撒思的地方。

这对苦命父子不敢违抗圣命,只能艰难地前行。走到半路的时候,脱脱又接到一道圣旨,元顺帝让他们回甘肃待命。元顺帝怎么突然又反悔了呢?

原来,别儿怯不花上位后,各地接连不断出现天灾人祸,国家动荡不安。有几个刚直不阿的官员弹劾别儿怯不花胡作非为,别儿怯不花就只好顺势辞职。而其他大臣趁这个机会在元顺帝面前为脱脱父子正名,说他们品性忠良,为朝廷做出过杰出贡献,不应该流放他们。

29. 贾鲁治水

听了这些话，元顺帝终于有所醒悟，下旨召马扎尔台父子回甘肃。可怜那马扎尔台来回奔波，回到甘肃之后没多久便病死了。自此之后，脱脱性格大变，恨不得将所有奸臣赶尽杀绝。后来别儿怯不花病死，脱脱再次入朝担任右丞相，他甚至开始排挤那些与自己有不同意见的忠臣。

元朝经常发行纸钞，到了元顺帝时，市场上的钞票流行已久，很多已经破损，还有不少民间变造的假钞进入了流通。脱脱见此，决定新发一批纸钞。

其他的臣子畏惧脱脱的权势，不敢反对，唯独国子祭酒吕思诚出声反对："丞相，铜钱才是币制的根本，纸钞只能辅助交易，怎么可以本末倒置呢？民间都喜欢铜钱，抵制钞票，币制本来已经十分混乱了，再发行一种纸钞，难道不担心是祸国殃民吗？"

大多官员附和脱脱，反对吕思诚。吕思诚情绪激动，连声高呼："不能如此！不能如此！"与其他重臣争执起来。

脱脱还没说话，他的兄弟跳出来："吕祭酒的话可以商议，但朝堂上大呼小叫，还有什么礼法？"脱脱点头，让吕思诚住口勿言。巴结脱脱的官员很快就将纸钞推行，全国的物价暴涨十多倍，民间商贸退回到以物换物的时候，百姓怨声载道，税赋也变得越来越少，元朝没有变得富裕，反而更加穷困。

当时，黄河多次决堤，济南、河间一带水灾泛滥，民不聊生。工部郎中贾鲁接任都水监，他经过一番勘探，认为黄河经过数个朝代的治理，河道早已偏移，建议堵住北部疏通南部，恢复旧河道，如此才能解决水灾。

但是按照贾鲁的办法，需要征用二十万工人。脱脱不敢贸然做决定，又派出工部尚书成遵和大司农秃鲁去实地考察。成遵等人来到黄河沿路，一路上认真勘探，测量各地地势、水位等数据，绘成一张图。

成遵等人回到京城来见脱脱,开口便说不能修复黄河。脱脱召集群臣讨论此事。在现场,贾鲁和成遵出现了很大的分歧,一直争论不休。脱脱支持贾鲁的看法,便询问成遵为何反对。成遵说国库连年空虚,山东地区也青黄不接,如果征用二十万人,恐怕会引起百姓的造反情绪,因此不能启动修复黄河旧道的工程。

脱脱十分不满成遵跟自己争辩,认为他这是不作为的表现。脱脱在元顺帝面前推荐贾鲁去治理黄河,同时又上疏弹劾成遵。于是贾鲁官升二品,担任工部尚书,成遵被贬为河间盐运使。

贾鲁临危受命,不敢耽误时间,当天便奔赴山东。贾鲁征用了山东十七万军民,指挥他们修缮河堤,加固河道。遇到淤泥堵塞的地方,就让人疏通;看到河道弯曲的地方,就命人改道取直。贾鲁

注:图中"治运河石人开眼"应为"治黄河石人开眼"。

白天监督施工进度，晚上核查银两支出，可以说是尽职尽责。

只不过，贾鲁治理黄河期间出过一件怪事。

河南地区曾经有这样一首童谣，唱的是："石人一只眼，挑动黄河天下反。"贾鲁在治理黄河的时候，工人们开凿黄陵冈，从河床下挖出一个巨大的石头人。这石人只有一只眼，在场的人见了都大吃一惊。

贾鲁看着这诡异的石人，心里掠过一阵惊慌，但是很快镇定下来，让人拿锄头把石人敲碎扔了。后来贾鲁回到京城，在治河报告上也并未提及此事。

在山东军民齐心协力之下，恢复黄河旧道的工程从至正十一年（1351年）四月动工，十一月就修缮完好。黄河的水灾得到治理，贾鲁回京后，被元顺帝封为集贤大学士，而脱脱因为引荐贾鲁有功，获封"答剌罕"。元顺帝还让人修了一座石碑，歌颂脱脱和贾鲁的功绩。

30. 红巾军起义

黄河刚刚治理好,各地又相继发生兵变。他们各自独立,由不同的势力组成。

在安徽的萧县,有个泼皮李二,聚居了一群游手好闲的无赖,自称"芝麻李",与领着赵均用等人攻陷了徐州,四处抢掠。

湖北罗田有个贩卖布匹的商人徐寿辉,相貌奇特。当地喜欢装神弄鬼的和尚彭莹玉见到了他,就说这是天生异象,可以当皇帝,于是和邹普胜、倪文俊等人一起推举他为主公,攻陷了黄州路,自称红巾军。

台州的方国珍,是个海盐贩子,手中有一些海船,被举报当了海盗。方国珍又气又怕,干脆乘船入海,一路劫掠漕船与沿海。朝廷想招安,封他为尉官,他却嫌官小,径自攻打濠州。

其中闹得最沸沸扬扬的,就是河南的红巾军。

红巾军的首领叫韩山童,他借着白莲会弥勒佛的名义对招徕河南和江淮地区的百姓招摇撞骗。他的同伙刘福通等人为了吸引更多人来投奔,谎称韩山童是宋徽宗的后代。这群人刚兴兵起义,首领韩山童就被元军抓住。而刘福通则躲到河南,立他的儿子韩林儿为新主,又召集了数万军民,以红巾为号令,称为"红巾军"。

元顺帝陆续收到很多奏折,都是关于这些乱党的,一时间不知

30. 红巾军起义

道从何处着手。心烦意乱之下，元顺帝只好找到脱脱商量对策。

脱脱认为，河南是元朝的心脏城市，应该先派出军队歼灭红巾军，再分头讨伐其他乱党。眼下其他各地的叛乱可先安排各地的守将就近支援，逐步进行清剿。元顺帝听取了脱脱的意见，派脱脱的弟弟也先帖木儿和卫王宽彻哥出兵讨伐红巾军。

也先帖木儿向来心高气傲，在抓获了红巾军将领韩咬儿之后，便越发盛气凌人。他虐待将士，目中无人，部将们都敢怒而不敢言。这时候，刘福通派人严守各个要塞，也先帖木儿率领的元军大多不肯以命相搏。也先帖木儿毫无办法，只好在要塞外等候，日夜盼望着红巾军自己投降。

可红巾军不但没有投降，反而接连攻下饶州、信州、汉阳、武昌九州等地，大有愈演愈烈之势。朝廷接连收到各地告急奏章，脱脱等人只好决定兵分数路，分别平叛。大军在前线打着打着，脱脱发现军粮不够了，军队补给也不够及时。

为了解决军粮不足的情况，脱脱申请在河南、河北等地种粮食。不到一年的时间，粮食获得了大丰收，直接填满了京城的粮仓。元顺帝看到脱脱能力出色，放心地把一切政务交给他处理，自己却整日嬉戏游乐，荒于朝政。而哈麻等奸臣，四处为元顺帝搜寻美女珍宝，陷害忠臣良将，朝廷的风气一天比一天败坏。

这时，南方又传来了坏消息。

方国珍在东南沿海作乱已久，元朝开始愿意给他一个小官，他爱搭不理。等到民变四起，朝廷必须保护漕运，于是拿出了一个官职招降，这次方国珍没有拒绝。

浙东宣慰使泰不华却不同意，方国珍正是在他的地盘上横行，他恨不得杀之后快。泰不华精选了一批壮士，打算借着招安的机会将方国珍当场格杀，彻底解决这个祸患。

到了约定的日子，泰不华带着几十个人乘船到达，看到的却是方国珍拍打船桨，喧闹而来。

泰不华一见来者不善，想要先下手为强，不料方国珍船舱中跳出许多伏兵。泰不华船只搁浅，勉力杀了几个海盗，被方国珍指挥人举枪挺刺，死后抛尸大海。

而前去围剿韩林儿的脱脱胞弟也先帖木儿，在上蔡小胜后就驻足不前。他性格狂妄，将责任都推给手下，肆意训斥军官。

士卒本就不满，加之每天听说贼寇要来夜袭劫营，索性一散而空。孤家寡人的也先帖木儿前去请求卫王援军，卫王哪受得了他的性子，只是敷衍了事。也先帖木儿做不下去，只好将兵符交给卫王，狼狈回京了。

南方局势危急，脱脱多次上奏劝谏，元顺帝都置之不理，仍然流连后宫，纵情于酒色。直到粮食和税款收不上来，影响元顺帝花天酒地，他才有所意识。脱脱多番请战，终于征得朝廷许可。临行前，脱脱将朝中大事托付给哈麻兄弟，此时在他眼里，哈麻还是朝廷的忠臣，这俩兄弟当面唯唯诺诺，其实在背后已经不知做了多少坏事。

脱脱到达徐州，在西门外扎营。"芝麻李"李二盗匪出身，听说脱脱来了，决定杀杀他的锐气，招呼一干江湖大盗，气势汹汹地杀来。脱脱兵马虽然不及对方多，但他纪律严明，让士兵操起军械，各行其职。

群盗靠近了，射出一阵乱箭。脱脱率军冒着箭雨而前，坐骑被一杆长箭射中，当场倒地，脱脱换乘另一匹，继续突进，部下见主帅如此，争先恐后，喊杀不绝。

李二打过的都是软蛋，哪见过这种阵仗，竟被压进了城里。他

30. 红巾军起义

还想关门据守，元军已潮水一般冲入半闭的外城，把李二团团围困在内城中央。

脱脱与李二围绕内城墙一番攻防，各有死伤。李二拿出了老底，总算没让脱脱攻入。连续几日后，赵均用献计："元军远道而来，又接连作战，一定都乏累了。我们趁夜偷袭，必能取胜！"

到了次日，果然如赵均用所料，只有几个稀松的元军站岗，一见他们，纷纷四散。盗贼们冲进营地，正想生擒活捉敌方主帅，却只见一座空营，才知反是自己中计。只听一声炮响，元军四面合围。

李二等匪首仓皇逃窜，背后城楼上站着位顶盔掼甲的将军，见他们逃窜方向，就招呼元军追击拦截。李二不知所终，想是死在乱军之中了。

元顺帝听说此事，加封脱脱为太师。脱脱班师凯旋，元顺帝亲自前来郊迎，奖赏金驹宝鞍，让太子陪同入宴，荣宠至极。

元顺帝见脱脱胜了一场，又是兴建宫殿，又是广纳后妃。脱脱忧心忡忡，南方十几路叛军，只是去了一路而已。他向太子探听，却震惊得知，竟是哈麻在背后撺掇！

脱脱还在都城时，曾经与哈麻为友，给予了哈麻许多帮助。可哈麻擅长伪装，将脱脱蒙在鼓里。脱脱一气之下，前去觐见，元顺帝嘴上说好，却巴不得他早点消失。

此时张士诚正在高邮闹得风生水起，脱脱请求出兵，元顺帝正想早点将他打发走，就让他领着各路人马，南下讨伐。

脱脱没有料想能有这样一支强大煊（xuān）赫的军队，他即刻南下，计划风卷残云，扫平天下。他沿途祭拜了孔孟二圣的宫庙，到达高邮后，即刻与张士诚接战。

脱脱的兵将犹如猛龙恶虎，张士诚不是没打过仗，但他的私兵

比起元军,不过是土鸡瓦狗,几个回合便被击败。张士诚鼠窜回城,又与元军在城门再战,依旧难以撼动,只得龟缩城中,惶惶度日。

脱脱一面攻城,一面将张士诚的元军消灭殆尽。张士诚想出了无数法子,无论是绳降夜袭,还是精锐突击,统统被打了回来。

眼见破城之日就在眼前,脱脱却接到圣旨,由哈麻之弟雪雪接管军队,脱脱本人革职查办。

属下劝说:"将在外君命有所不受,丞相不要管那诏书,等攻下城池,一切自有分说!"

脱脱却叹息道:"天子诏书,我若不从,不成了违抗君令?我只有君臣大义,生死之事,不容考虑。"他安然下拜接旨,面色如常:"我本是愚钝之人,只是因为圣上偏爱,将军国重事托付,如今总算是身无重负了。"

临行前,脱脱将兵器名马都分给将士,有人知道他此行凶多吉

30. 红巾军起义

少，竟横剑自刎，以命相报。

哈麻等人怕脱脱回京后再度掌权，将他流放到西北甘肃，路上又改变了主意，让他转道去云南。

如此这般，哈麻还觉得不够解气，又伪造了一道圣旨，赐了一杯毒酒给脱脱。

脱脱饮下毒酒，不久后便毒发身亡，年仅四十二岁。直到至正二十三年（1363年），御史张冲等人为脱脱申冤，元顺帝才下诏恢复了他的官职和家产。此时脱脱已去世十一年。朝中大权因为被奸臣掌控，元朝的军事已经一蹶不振，更加助长乱党的势力。

脱脱出文武双全，出将入相，无所不能。他这一死，朝堂上禽兽为官，国境内盗贼蜂起，大厦将倾，生灵涂炭，大元朝失去了最后一根顶梁柱，只差盖棺论定了。

此时，河南的红巾军已经立韩山童的儿子韩林儿为皇帝，在亳州建国，定国号为宋。刘福通被封为丞相。这群红巾军建国之后更为猖獗，大势劫掠河南各郡县，百姓们苦不堪言。

元朝派出新的统帅刘哈剌不花出阵。刘哈剌不花带着一批精兵杀向亳州，把刘福通等人打得弃城而逃。可等刘哈剌不花走后，红巾军又死灰复燃。刘福通到处笼络乱党，让他们当红巾军的后援，一同攻打元朝。

刘福通听说濠州也造反了，便封濠州的统帅郭天叙当都元帅，另外册封郭天叙的两名得意干将分别担任左、右副元帅。而其中一人，竟然成了后来的真命天子。

这个人的名字叫朱元璋，他有着一段跌宕起伏的人生经历。他先是住在沛县，后来又搬到泗州，最后又随父亲来到濠州钟离县。

朱元璋十七岁的时候父母双亡，穷苦潦倒之下他只能进寺庙当

和尚。没过多久，郭子兴在濠州起兵，百姓的生活变得动荡不安。朱元璋眼看着濠州越来越不太平，打算收拾行囊，跟着其他百姓一起逃走。

临走之前，朱元璋给自己算了一卦，发现离开和留下都不吉利。朱元璋开玩笑说，逃走和留下来都不适合，难道老天爷要让我当皇帝吗？朱元璋心念一动，马上又占卜了一卦，这次出来的结果，竟是大吉。

朱元璋于是决定去当兵，投奔了郭子兴。郭子兴看到朱元璋身材魁梧，相貌不凡，就把他留在身边。朱元璋跟着郭子兴打仗的时候非常勇猛，接连击败了不少元兵。郭子兴非常赏识朱元璋，还把自己的养女马氏嫁给他当妻子。

后来郭子兴病死，儿子郭天叙继承他的事业。这时，刘福通派人送来文书，封给郭天叙等人官职，意图联合他们一起对抗元朝。朱元璋考虑到眼下红巾军气焰正盛，还可以借助他们的势力，便答应了下来。朱元璋方才建军，就有好汉来投。这人燕颔豹颈，威风凛凛，一看就是位难得的壮士，一问姓名，来人说是怀远人常遇春，朱元璋连忙将他提拔为帐下总兵。紧接着，又有巢湖渠帅廖永忠等人写信给朱元璋，表示愿意率领水师和战船前来归顺。

朱元璋大喜："我正愁如何渡江，就有水师前来归附，真是上天让我成功！"他设宴与廖永忠欢庆三日，趁着涨水的工夫，从小小的港湾纵舟而出。

朱元璋有了这支水师的助力，再加上江面顺风顺水，一路直抵牛渚。

牛渚与采石矶互为犄角，两岸都有元军，壁垒森严。朱元璋命令先攻打牛渚，再攻打采石矶。众将士争相出战，常遇春手持大戈，徒步接敌，无人能挡，一举拿下牛渚。

30. 红巾军起义

牛渚在手,接下来就是采石矶了。采石矶高出水面有数丈,是一处狰狞的巨石台地。众将行船来攻,都被守军的箭矢飞石打退。常遇春见状,拿来长矛大盾,从船头一跃而上,刺死元军头目。各将士不甘落后,一拥而上,采石矶顷刻易手。

朱元璋攻入太平城内,设立了元帅府。紧接着贴出公告,安抚太平城百姓,受到百姓的欢迎,打下了民心的根基。

休整数月后,朱元璋又率军进攻集庆,连破元军大营,兵临城下。元将福寿屡战屡败,城破之时端然正坐,死在乱军之中。朱元璋改集庆为应天府,自称吴国公,四路出击。

刘福通也吸纳了不少人马,队伍日渐壮大。他开始调兵遣将,指挥军队从东边进攻。将领毛贵智勇双全,连下山东诸县,济南告急的信件一封封飞向燕都。

元顺帝频频收到警报,急得焦头烂额。御史张桢此时上疏元顺

帝，指出朝廷的十处弊端。从朝政上来说有六点：一是轻视大臣，二是朝纲败坏，三是主上沉迷享乐，四是杜绝言路，五是人心背离，六是滥用刑狱；从派兵平叛上来说则有四点：一是领兵调动不慎重，二是没有做到群策群力，三是军队赏罚不明，四是将帅选拔不当。这份奏章一出，朝堂上的奸臣对张桢恨之入骨，立即怂恿元顺帝把他降职，调离了京城。

元顺帝派出董搏霄迎战毛贵，毛贵已攻陷济南，率领军队跟踪董搏霄。元军看去，只见铁骑巡行，红巾遍地，董搏霄的部下惊慌发问："敌众我寡，工事又没有建好，眼下该如何是好？"

董搏霄自知无望，慷慨拔剑："受命出征，以死报国，还有什么话说呢？"他督军出击，浴血奋战，可敌人实在太多，仍然将他包围。毛贵军一拥而上，用枪矛刺死了董搏霄，元军又少了一名战将。

毛贵击破董军，逼近燕都，一战击杀了掌管军事的枢密副使，臣子纷纷建议元顺帝迁都。刘哈喇不花力排众议，率领禁军与毛贵大战，竟然将毛贵杀得丢盔弃甲，红巾军狼狈放弃京师，返回山东，毛贵死于同僚的内斗之中。

可按下葫芦浮起瓢，燕京之围稍解，西北却更加动荡。刘福通手下的将领这时接连攻破了长安、辽州、上都等地，还把元朝历代建造的宫阙都给烧了个干净。刘福通攻入汴梁之后，迎接韩林儿到此居住。虽然韩林儿表面上被尊为皇帝，实际上大权由刘福通掌握。而在外的将士们又不服刘福通，弄得上下离心，后面接连打败仗。就在刘福通由盛转衰之时，元军之中出现了一位奇人。

此人名为察罕帖木儿，是世居河南颍川的蒙古乃蛮部后裔。红巾起兵时，各地盗匪也顺势而起，察罕帖木儿招募了数百人，与李思齐一同消灭盗匪，平定罗山颍川。消息传到朝廷，元顺帝授予他和李思齐官职，两人很快召集了上万人，将颍川的盗匪一扫而空。

30. 红巾军起义

眼见陕州失陷,元朝派出大将察罕帖木儿会同李思齐对付刘福通。察罕帖木儿独自领军来到陕州,看到城墙坚不可摧,生出一计,让营地升起炊烟,好像在埋锅造饭的样子,他却亲率骑兵夜袭灵宝。

灵宝的守军毫无防备,被察罕帖木儿一举拿下。灵宝与陕州唇齿相依,失去了灵宝,陕州孤立无援,被察罕帖木儿一并收入囊中。

朝廷见察罕帖木儿屡立战功,封他为河北行枢密院事,领导北方的军事。红巾军将领李武、崔德兵临长安,驻守长安的元朝豫王请求察罕帖木儿发兵来救。察罕帖木儿与李思齐点拨轻兵,趁夜赶路。

李崔二人听说察罕帖木儿的威名,挑选了最精锐的战士,两军对垒,察罕帖木儿大胆地将军队一分为二,与李思齐左右夹攻。红巾军根本不是察罕帖木儿老兵的对手,作鸟兽散。察罕帖木儿追到南山,不知撵杀了多少敌军,这才回师。豫王为他们报捷,朝廷再一次将他们升官,命令就地留守。

过了几个月,红巾军的白不信、李喜喜二军前来夺取凤翔。凤翔是座小城,察罕帖木儿先将一半军队塞入城内,自己领了数千铁骑,趁夜赶到敌营。察罕帖木儿一声令下,骑兵分为左右两翼,包抄敌军。

红巾军还没来得及反应,城中呼声大躁,事先安排好的守军一并杀出,内外夹击,杀声震地,白不信狼狈逃走,自此不知下落。红巾军惊慌之下互相践踏,踩死的人比死在战场上的还多。

察罕帖木儿平定了关陇,但四川又乱了起来。湖北随州人明玉珍投靠了徐寿辉,见到蜀地景旭,率领五十艘战舰攻陷重庆。元军将领完者都召集失散的士兵,打算夺回重庆,明玉珍还没等他们集合,就杀了个回马枪,将完者都俘虏杀害,几乎占据了整个四川,大有从四川进攻陕西之势。

此时汴梁已经落入刘福通手中,元顺帝召察罕帖木儿夺回汴梁。行至山西,察罕帖木儿见红巾军的关先生、破头潘两部在塞外大肆抢掠,立马强占关隘,堵上了他们回程之路。关先生见大道不能通行,只能退走山间小道,察罕帖木儿早就布下伏兵,只等红巾军一出现,出来就打,将两人掠夺的辎重全部充了军。双方血战了五六次,红巾军损失数万人,河东已定。

没了后顾之忧,察罕帖木儿一路进逼汴梁。汴梁的红巾军听说这般悍将水陆并进,瑟缩一团。但刘福通还是有些胆色,召集全城百姓守城,自己则督军迎战。

察罕帖木儿骑兵来得飞快,几十回合就显露败迹,策马而走。察罕帖木儿紧追不舍,外城来不及关门,被元军夺下。刘福通在内城中困守,粮食吃尽,只能带着翰林儿弃城而逃。

察罕帖木儿捷报频传,官职越来越多。他也备受鼓舞,修整车船,整备甲兵,打算一举拿下山东,可这时后方传来急报,山西大同的守将孛罗帖木儿,竟然同室操戈了!

孛罗帖木儿答失八都鲁的儿子,答失八都鲁战事不利,被朝廷谴责,忧愤而死。孛罗帖木儿收拢旧部,也立下了一些战功。他不去征讨红巾军,反而打起了友军的主意。两人互相攻打,各有胜负。朝廷只好从中调解,总算让两人暂时休兵。

解决了后顾之忧,察罕帖木儿一心要收复山东。这时的山东已无统一指挥,军头们各自为战,势力最大的是田丰与王士诚二人。察罕帖木儿麾下有一名外甥兼养子扩廓帖木儿,又名王保保,向来视为己出,年少骁勇,智谋过人。他将五万兵马交给扩廓,让他去对付王士诚。

王士诚见来的是个娃娃,松了一口气,谁知扩廓驱马突击,摧枯拉朽一般杀穿敌阵,斩首万余,直达城下。王士诚后悔莫及,向

30. 红巾军起义

田丰求援。谁知另一边，察罕帖木儿威逼诱劝，已经迫降了田丰，只得投降。

眼看山东除一座益都外，即将悉数平定。察罕帖木儿将益都团团包围，只等守将投降，天象却有异变，一股白气冲天而起，直入星宿。察罕帖木儿不知何意，田丰却说他知晓天文，可以解惑，请察罕帖木儿移步营中。

察罕帖木儿不知有诈，带了几个骑士就进入了军营，猝不及防间，王士诚从暗处扑出，一枪刺穿了察罕帖木儿的腹部。

原来益都守将早已与田丰、王士诚二人密谋刺杀，两人趁着元军乱作一团，趁机逃进益都城。

朝廷收到察罕帖木儿，追封他为颍川王。险些力挽狂澜的一代名将，就此辞世。扩廓子承父职，决意复仇。他猛攻城门，却在隐蔽处挖掘地道，派遣死士潜入。元军死士一通过地道，就四处纵火，里应外合，一举将三个主谋生擒，以三人性命祭告亡父。

而这时候，朝廷收到各地如同雪花一般纷纷而至的警报。就连各个亲王都有起兵谋反的，你争我夺之间，竟开始骨肉相残起来。而在元军势力本就薄弱的南方，局势彻底糜烂。

在北方元军拼力奋战时，南方的状况已经不可挽回。

徐寿辉占据江西后，派遣大将倪文俊攻陷沔（miǎn）阳，元军统帅朵儿只班战死军中，整个湖北已经难寻元军踪迹。

倪文俊将徐寿辉迎接到涵养，这时有个叫作陈友谅的沔阳当地人前来投奔。陈友谅学过些诗书，帝王将相的事见多了，也想独领一军。他察觉到倪文俊只是将徐寿辉当作傀儡，阴谋篡逆，偷袭杀死倪文俊，自称平章政事，这是宋元时期对宰相的称呼。

大权在握后，陈友谅率领水师南下安庆。安庆的守将余阙军率严明，屡次击败陈友谅。陈友谅联络了江西饶州、安徽巢湖的水贼，合兵城下，面对远超己军的敌人一番苦战，身中十余枪，看到西门已被攻破，自尽殉元。

陈友谅又派遣悍将王奉国攻打信州，元军将领伯颜不花的斤前来驰援，王奉国腹背受敌，稍稍退却。陈友谅之弟陈有德又率军支援王奉国，二人日夜攻城鏖战，城中粮食耗尽，伯颜不花的斤以及一干将领战死。

陈友谅地盘千里，也起了称帝的野心，借着迎接徐寿辉迁都经过江州的机会，陈友谅在城中设下埋伏，关上城门，将徐寿辉亲兵全部杀死，只留下傀儡国主徐寿辉与几个文官。

有舰队在手，陈友谅在水道横行无忌，率领十几艘战舰攻下太平。太平是朱元璋的后方，留守此处的将领花云，朱元璋的养子朱文逊都被陈友谅擒获，因不愿投降，都被杀害。

陈友谅以为朱元璋也不过如此，日益骄横，迫不及待谋权篡位。他夺取采石矶之后，假借向徐寿辉禀报，派了大力士，用藏在袖子中的铁锤砸死了徐寿辉。称帝之路再无阻碍，于是陈友谅以五通庙为皇宫，自称皇帝，国号为"汉"，国号为"大义"，封邹普胜为太师，张必先为丞相。

陈友谅正想举办一场盛大的开国典礼，突然昏天暗地，飞沙走石，江上刮来一阵大风，众人心中不免咯噔一下。

陈友谅还想风光开国，岂知天公不作美，江上狂风，大雨倾盆，将一众帝王将相淋成了落汤鸡，可谓十分滑稽。

这时，陈友谅收到老朋友康茂才递上的文书，这文书是朱元璋写的，催促陈友谅攻击应天。

陈友谅乐不可支，心想这真是老天送来的大礼。可他不知道，自从他杀害朱元璋的将领和养子，朱元璋就没有打算放过他。

30. 红巾军起义

陈友谅兴冲冲地领兵东下,到了江东桥,听得一声喊杀,四面伏兵骤起,战船齐出。陈友谅仓皇四望,只剩下了自己一艘座舰,只能灰溜溜退走。

朱元璋这一埋伏,差点将陈友谅打得全军覆灭,他进入江州,逼降龙兴,声威震地,自称吴王。

陈友谅退守武昌,日渐衰弱。他派人联络明玉珍,明玉珍听说他谋害了徐寿辉,拒绝与他往来。明玉珍占领了云南和四川,自称夏帝,改元天统,很得蜀地人心。

方国珍盘踞东海岛屿,四处袭扰元军,元军到来他就投官,元军一走就再度起乱,如此反复,让元军不得海运。

江南元军统帅星吉与褚不华,一个战死鄱(pó)阳湖,一个战死淮安城,江淮以南,再无良将。

31. 元朝覆灭

坏消息多了，元顺帝干脆置之不理，整日沉迷酒色，身边只留下一干谄媚之徒。丞相哈麻、雪雪兄弟见元顺帝如此昏庸，而皇子聪明伶俐，起了废帝立太子的心思，被秃鲁帖木儿知晓，告密给元顺帝。元顺帝顾念旧情，秃鲁帖木儿干脆伙同几个同党，将哈麻俩兄弟下狱流放，杀于半路。

哈麻被除后，元顺帝任用搠（shuò）思监为右丞相，太平为左丞相。元顺帝有四位皇后，其中一位姓奇的女子乃是高丽人，生子爱猷识理达腊。哈麻打算废立皇帝，让奇皇后看到了扶植儿子上位的机会，与右丞相搠思监勾结。然而，左丞相太平坚持立弘吉剌皇后的儿子，得罪了奇皇后、搠思监与大太监朴不花。三人合力构陷太平，太平被流放，半路上服毒终了。

逼死太平之后，搠思监与朴不花又迫害太平的儿子也先忽都与另一位重臣老的沙，也先忽都惨死，老的沙却出逃燕都，投奔了盘踞大同的实权将军孛罗帖木儿。

搠思监向孛罗帖木儿索要老的沙，孛罗帖木儿大军在握，只害怕当年的察罕帖木儿一人，将搠思监的话当成耳边风。搠思监恼怒之下，威胁撤掉孛罗帖木儿的军权。孛罗帖木儿派出骄兵悍将，击败朝廷派来的军队，以退兵为交换，处死了搠思监与朴不花两个权臣。

孛罗帖木儿自以为除去了两个奸臣,却是断了奇皇后与皇太子爱猷识理达腊的双臂。皇太子记恨,于是派出使者联系扩廓帖木儿。扩廓因养父与孛罗帖木儿的旧仇,一直厌恶他,加上这些年两军不断冲突,新仇旧恨一同涌上,当即与孛罗帖木儿开战。元顺帝只得从中调停,让孛罗帖木儿、奇皇后与老的沙和解。

但孛罗帖木儿依旧不肯罢休,一边与奇皇后敌对,一边亲自领军攻打对头。奇皇后与老的沙商议后,邀请孛罗帖木儿赴宴,设下埋伏,将孛罗帖木儿当场刺杀。奇皇后密信扩廓,要他废掉元顺帝,扩廓不以为然,遭到奇皇后和太子的怨恨,很快被挤出朝堂。

大元朝廷一番折腾,再看天下局势,江淮川蜀已落入各地诸侯之手,只得让张良弼、李思齐与扩廓三人前去镇压。这三个军头各领一军,谁也不服谁,互相攻伐乱战,割据一方,俨然独立王国。

就在各方势力打得难分难解的时候,突然一声霹雳,出来个大明帝国!盘踞南方的朱元璋趁此机会招贤纳士,拉拢了不少的人才。元朝派出户部尚书张昶招安朱元璋,没想到朱元璋痛斥元朝贪污腐败,一番言论下来,竟然把张昶策反了。

那割据海岛的方国珍,见朱元璋威德日重,上疏归顺。只有陈友谅与张士诚结盟,与朱元璋苦战。朱元璋亲自率领大军,与陈友谅在鄱阳湖决战,竟以少胜多,焚尽敌军舰队,陈友谅也中箭而死。

朱元璋派出常遇春,降服了陈友谅的余党,又让徐达、常遇春等名将进攻张士诚,张士诚孤立无援,上吊自杀。方国珍见张、陈二王一一被消灭,心中恐惧,再度反叛后又被降服,没过多久就病死了。

之后,朱元璋讨伐福建和广东,各郡县的百姓纷纷主动归降,南方渐渐成了朱元璋的天下。元顺帝至正二十八年(1368年)正月

初四,朱元璋趁势称帝,建国号为明,建元洪武。

次日,朱元璋昭告天下,宣布讨伐元朝,命徐达为征虏大将军。二十万明军跨过黄河,陆续攻下山东各州市,瓦解了当地的元朝势力。之后明军虎躯一转,把目标对准河南,攻入虎牢关,大破元将脱因帖木儿,直取汴梁。

元顺帝派出的将领一个接着一个战死沙场,连同全国各地失守的消息一起传来。元顺帝实在是无计可施,只能召集大臣和嫔妃商量逃跑的事宜。就在所有人莫衷一是之时,又传来明军即将抵达京城的警报。

元顺帝一下慌了神,连忙带着嫔妃们往北方逃跑,留下淮王帖木儿不花等人镇守都城。元军先前接连战败,早就军心大乱,根本无法抵抗气势汹汹的明军。淮王在城中坚守了几天,很快便全军覆灭了。

31. 元朝覆灭

从元太祖开国，到元顺帝北逃，共计一百六十二年。而从元世祖统一中原，到元朝亡国，时间不过八十九年。

朱元璋派出徐达北伐，想要一举消灭元朝的残余势力，扩廓帖木儿迎战徐达，终于胜了一回，保住了元朝的最后一些领土。元顺帝北逃后的蒙古，史称北元，只能偏安北方草原一隅，再也不复当年强大的帝国。

曾经的蒙古汗国，元朝一支至此已经灭亡。四大汗国则在互相兼并之中出现了一个叫帖木儿的猛士，他原本是察合台汗后裔的手下，后来占据亚细亚，自行建国，定都撒马尔罕。接着帖木儿吞并西域，南侵印度，建立起一个疆土辽阔的大帝国，史称帖木儿帝国，这又是蒙古的另一种延续了。